DE EINDELOZE ZEE

Kéthévane Davrichewy

De eindeloze zee

Roman

Vertaald uit het Frans
door Tatjana Daan

J.M. MEULENHOFF

De vertaler ontving voor deze vertaling een werkbeurs
van het Nederlands Letterenfonds.

Oorspronkelijke titel *La mer noire*
Copyright © Sabine Wespieser éditeur, 2010
Copyright Nederlandse vertaling © 2011 Tatjana Daan
en J.M. Meulenhoff bv, Amsterdam
Vormgeving omslag DPS design
Vormgeving binnenwerk Adriaan de Jonge
Foto voorzijde omslag © Robert Doisneau –
Gamma-Rapho/Hollandse Hoogte
Foto auteur © Dorothée Lindon

www.meulenhoff.nl
ISBN 978 90 290 8671 4 / NUR 302

Voor Louka, Thémo en Dali
en voor Guéla
van wie niet de achternamen Georgisch zijn,
maar wel de voornamen

DE DAG BREEKT aan. Ze voelt het onder haar gesloten oogleden. Heel in de verte klinkt het geluid van de straat. Dichterbij blaft een hond. Een vogel zingt. Een kind huilt, of lacht. De contouren zijn vaag. Een geur van bloemen, de lucht van de tuin. Ze zou de hond binnen moeten laten. Ze probeert de lakens van zich af te schuiven, overeind te komen, maar haar lichaam reageert niet. Een onduidelijke schaduw beweegt. Ze opent haar ogen. Wakker nu. Ze verroert zich niet. Nog niet. Geen tuin. En ook geen hond. Ze kijkt de slaapkamer rond. De vergeelde muren, de oude fauteuil aan de voet van het bed, de paar kledingstukken die de vorige dag zijn achtergelaten. De commode overladen met boeken en verzamelde snuisterijen. Ze kan ze niet meer zien. Ze zou ze moeten wegdoen, alleen de boeken bewaren. Boven de commode oude posters. Een Matisse-expositie, een open raam met uitzicht op zee, en Parijs-Tbilisi, een gravure uit de jaren dertig, de schatten van de Kaukasus. Ze moeten iets hebben betekend voordat het alleen nog maar die verkreukelde vellen papier werden die ze elke ochtend ziet als ze haar ogen opendoet. Het nachtkastje, de wekker. Hij staat op vijf voor half zeven. Het allesoverheersende en alomtegenwoordige apparaat bij het bed, bij uitzondering geluidloos. De gordijnen, zwaar en donker, om geen licht door te laten. Maar het licht komt toch binnen, steels, door de kieren, of door de zijdeachtige stof, en verspreidt een bijna rood schijnsel. Haar slaapkamer. De stof van de gordijnen golft even, dat idee heeft ze tenminste. Het zingen van de vogel komt naderbij. Dan het krijsen van een meeuw, bijna menselijk. Sinds enige tijd zijn er meeuwen in Parijs. Een vreemde indringer. De hond valt stil. Ze zou willen opstaan, haar hand willen uitstrekken om de gordijnen open te doen. Wat voor weer is het? Tamaz komt vandaag. Eindelijk. Daaraan beginnen te denken. Om het geluk en de pijn van het daaraan denken. Hij zal er vanavond zijn. Ze beweegt haar tenen een beetje, trekt de lakens weer op tot onder haar kin, laat haar hoofd terugvallen op het kussen. Ze sluit haar ogen weer, voelt Pacha op haar borst springen. De kat gaat tegen haar oor liggen en begint te spinnen. Alles vervaagt opnieuw. De stilte van de kamer als het apparaat uit staat. Ze sluimert in. In haar slaap ziet ze plotseling het korenveld achter het huis opdoemen. Tamaz roept haar. Ze schrikt op maar antwoordt niet. Ze slaapt.

DE SEIZOENEN IN Tbilisi waren echte seizoenen. Tegen het einde van de lente werd de stad kleurrijk, stoffig, lawaaiig.

We laten de deuren openstaan, de warmte komt bij ons binnen. Mijn neven en nichten wonen in het huis ernaast, de straat wordt onze straat. Flarden in mijn geheugen.

Ze laten ons vrijer. Ik ren naar de fruitverkoper, hij geeft me kersen, we verstoppen ons om ze op te eten, we kleden ons uit om te voorkomen dat we vlekken op onze kleren krijgen en Bebia, onze grootmoeder, boos maken. Als we alles op hebben sturen we de kleinste, Gougou, om nieuwe te halen. De kruidenier mag hem graag, hij geeft hem een zak vol. De vruchten onder in de zak raken verpletterd, ze smaken naar de kelderlucht van de verstopplaats onder de trappen bij de oude muur. We zitten met zijn zessen, mijn neven, mijn nichten, mijn zus en ik, dicht op elkaar met onze rug tegen de afbrokkelende muur. Onze huid is bedekt met fijn, prikkend steengruis. Voor we teruggaan, kloppen we elkaar af en lopen we, in de buitenlucht, door de stegen tot aan de avenue Roustaveli. Als we weer thuiskomen, bestoft, is de kelderlucht verdwenen.

Op de begane grond van ons huis woont een vrouw.

's Middags ontvangt ze een man. Ze doet de deur open en gaat hem tegemoet. Ze omhelzen elkaar voor onze verstopplaats. Van waar we zitten hebben we uitzicht op hun benen, de kousen van de vrouw, de broek van de man. We proberen ons op de schouders van Irakli te hijsen om ze te zien kussen, maar mijn neef heeft pijn in zijn rug, duwt ons van zich af. We kunnen het gekus van de vrouw en de man alleen maar horen. Hun benen verstrengelen zich. Ik durf niet te kijken.

Vanuit het huiskamerraam zouden we het beter kunnen zien, zegt mijn nicht Daredjane.

Het is walgelijk, zegt Eka.

Nee, zegt Irakli, ze denken dat ze alleen zijn.

Je hoeft niet zo uit de hoogte te doen, zegt mijn zus Thea, je weet dat het niet goed is.

Waarom is het niet goed? vraagt Gougou.

Stil, antwoordt Irakli bars.

Ik fluister, protesteert zijn broertje, jullie fluisteren ook.

We spreken onderling Georgisch. Dat is de familietaal. Die van de vakanties. Op school moeten we Russisch spreken. Dat is het voorschrift. Het Georgisch is een fluttaal, zegt onze meester. Elke poging het verbod te trotseren wordt streng bestraft.

De lichamen van de vrouw en de man scheiden zich.

Zijn jullie dat, kinderen? vraagt de vrouw.

Haar stem is bijzonder. Onze moeder Deda, onze vader, mijn oom en tante, en onze grootouders Babou en Bebia zeggen dat het vreselijk is, een zo mooie vrouw met zo'n stem. Ik zie het als een geluk een bijzondere stem te hebben, en mooi te zijn als onze buurvrouw. Ze is niet echt mooi, zegt mijn moeder, ze is uitdagend. Papa kust lachend haar hand. De vrouw geeft niet op, roept ons nog eens, ze vermoedt dat wij daar ergens verstopt zitten. We houden ons stil, we stikken bijna van het steeds onze mond dichthouden. Ik leg een vinger op de halfopen mond van Thea, ze duwt me hard weg. De vrouw schatert en nadert haar minnaar. Terwijl ze kussen licht ze een voet op en lijkt die speciaal voor ons heen en weer te bewegen. De handen van de man pakken haar jurk op onze hoogte beet.

Hij raakt haar billen aan, zegt Daredjane.

Ik wil weer naar binnen, jammert mijn zus.

Ik geef haar een elleboogstoot. Ze probeert niet te kermen. Omarmd lopen de vrouw en de man de trap op.

Niet onder haar jurk kijken, jongens, zegt Daredjane.

We verroeren ons niet. Een paar minuten later komt onze grootmoeder langs, ze draagt een heel zware tas.

We moeten haar helpen.

Nee, ze redt het wel zonder ons.

We dragen waardig onze schuld terwijl we haar de treden zien beklimmen. Eindelijk is ze verdwenen en kunnen we haar vergeten. Buren komen en gaan, we houden ervan hun bewegingen te volgen, we kennen hun gewoontes. De vrouwen praten met elkaar, dragen de kinderen. De mannen schuiven aan op de caféterrassen. Gezinnen gaan op weg naar de kerk, de synagoge of de moskee, die zich niet ver daarvandaan zij aan zij bevinden op de oevers van de Koura. Onze vaders verlaten vroeg in de ochtend het huis. Ze bereiden de revolutie voor, zegt Thea op bevlogen toon. Ze bereiden al jaren de revolutie voor, verder weten we niets over hun werk en weinig over de revolutie. Het woord maakt me bang. Mijn vader spreekt het 's nachts soms uit wanneer we elkaar tegenkomen in de keuken als we niet kunnen slapen.

Uiteindelijk gaan onze moeders naar ons op zoek. Onze zes namen in de wind vormen een riedeltje alleen voor ons. Soms kunnen we niet antwoorden. We zijn de gevangenen van onze verstopplaats. Vanwege Babou, onze grootvader, en zijn vrienden. Ze gaan voor ons zitten, op straat, om *nardi* te spelen. Als Babou wint, kan het voor ons uren duren. Ze laten de dobbelstenen rollen op het houten blad. We hebben het koud of warm, we beginnen stram te worden. Het is niet leuk meer.

Ik heb een idee, zegt Irakli.

Hij sluipt onze schuilplaats uit. Babou is dolblij hem te zien en stelt hem geen vragen. Terwijl Irakli zo voor afleiding zorgt, kleden wij ons weer aan en wurmen ons een voor een uit onze geheime verstopplaats. We inspecteren elkaar nauwgezet om alle verdachte sporen uit te wissen, hoewel we moeite hebben elkaars nabijheid nog langer te verdragen. We doorkruisen de wijk om de lucht te verdrijven. We praten niet meer nu het weer zou kunnen, we mijden elkaar bijna. Ik waak over mijn neefje Gougou, die moeite heeft ons bij te houden.

VANDAAG KOMT TAMAZ. Dat is haar eerste gedachte. Deze keer opent ze haar ogen precies op het moment dat ze wakker wordt. Pacha, die op de commode zit, op de plek waar de zon een straal stof laat vallen, laat zijn kalme blik op haar rusten. Hij volgt haar bewegingen. Ze richt zich langzaam op en gaat zitten op de rand van het bed. Ze heeft een risico genomen. Ze was onbevreesd toen ze de voorgaande avond het apparaat uitzette.

Vanochtend is het anders, haar daad maakt haar een beetje bang. Ze zou deze dag graag willen beleven. De wekker geeft al half tien aan. Ze staat op en loopt naar de badkamer. Voor de wastafel komt ze op adem. Ze vermijdt naar zichzelf te kijken. Ze spoelt water over haar gezicht, poetst haar tanden. Uiteindelijk staart ze naar haar spiegelbeeld. Ze heeft het lang niet meer gedaan, maar vandaag bekijkt ze zichzelf. Geen afdruk van de slang op haar wangen. Ze ziet er best goed uit. Ze voelt een golf van behaagzucht door zich heen gaan. Ze denkt aan Tamaz. De schok zijn stem te horen. Hoe zou hij eruitzien? Hij zei: Het schijnt dat jij dezelfde bent gebleven. Een ironische reactie viel haar in, maar die vond ze van slechte smaak getuigen en dus hield ze haar mond. Ze liet hem praten, luisterde naar hem, verbaasd zo ondersteboven te zijn. Ze gaat de grijze of watergroene jurk – niemand was het ooit eens over de kleur – aantrekken. De jurk hangt in de kast. Hij past heel goed bij je ogen, zegt Nestane. Ogen van een ondefinieerbare kleur. Ze zou indruk willen maken op Tamaz ook al is het onoverkomelijk dat hij haar veranderd zal vinden. Pacha komt met vastberaden pas de badkamer binnen en slingert zich om haar benen. Als ze het vertrek verlaat rent hij voor haar uit en brengt haar bijna ten val. Daar is iedereen ongerust over, dat Pacha haar laat struikelen. Ze laat zich niet vermurwen, ze zal haar kat niet afstaan. Ze geeft hem een duwtje met haar voet en bromt iets onverstaanbaars. Pacha maakt een sprong, houdt plotseling stil op de keukendrempel en kijkt haar streng aan. Ze wendt zich af en opent de deur van de gangkast. Daar hangt de jurk, alsof hij zo van de stomerij kwam. Ze trekt het plastic kapot en laat het op de grond vallen. Pacha loopt ernaartoe, ruikt eraan. Het plastic ritselt onder zijn nagels. Ze strijkt langs de zijdeachtige stof en probeert zich te herinneren wanneer ze de jurk voor het laatst heeft gedragen. Het ene na het andere feestje komt haar voor de geest. En heeft ze hem bij die gelegenheden inderdaad aangehad? Ze hangt hem weer terug en loopt naar de keuken. Pacha vliegt haar achterna. Ze wankelt. Het bloed stijgt haar naar het hoofd. Ze leunt tegen de muur. Naar de keuken gaan, de kat zijn brokjes geven, het dienblad voor het ontbijt klaarmaken. De muur slingert, ze wankelt nog meer. Ze voelt zichzelf wegzakken. Een gegons dreunt in haar slapen. Waarom is ze ook zo dom geweest?

'S ZOMERS VERLATEN we Tbilisi. Elk jaar. Ik herinner me het bijna als een en dezelfde zomer. De weg naar Batoumi is lang, de trein is oncomfortabel, de slingerende sporen schudden ons hardhandig door elkaar. Toch hou ik van de reis naar de Zwarte Zee. De familie is voltallig. Mijn vader rookt zijn pijp, de geur verspreidt zich door de wagon. Hij discussieert met mijn oom, soms raakt het gesprek verhit, ze maken ruzie, ik weet niet waarover. Het gaat vast steeds over hetzelfde want Bebia, mijn grootmoeder, wordt zonder naar hen te luisteren rood en houdt haar handen voor haar oren. Mijn grootvader komt tussenbeide, slaat met zijn wandelstok hard op de vloer. Ze zwijgen. Mijn moeder streelt de arm van Bebia, die haar gewone kleur terugkrijgt. Ik zit naast mijn grootmoeder, ik leun op haar schouder en kijk naar het landschap, de toppen van de Kaukasus. Babou is daar geboren, hij zegt dat hij zijn buitengewone gezondheid aan de bergen te danken heeft. Deda heeft haar armen om Thea heen geslagen. Gougou ligt op de knieën van zijn moeder. De anderen knikkebollen, ze zullen over elkaar heen in slaap vallen. Bebia raakt me niet aan, ze weet dat ik dat niet meer prettig vind. Ik snuif haar geur op. Ze ruikt oud. De trein rijdt, ogen vallen dicht, behalve die van mijn vader, die gebogen over zijn manuscripten zijn pijp rookt. Mijn blik doet hem opkijken, hij glimlacht en strijkt met zijn hand over mijn gezicht, dat zou een liefkozing kunnen zijn maar hij doet het om me te ergeren. Ik deins terug, nu grijnst hij. Ik grijns terug. Hij verdiept zich weer in zijn werk. Ik tuur opnieuw naar het landschap. Het is alsof ik slaap, maar aangenamer omdat ik me bewust ben van het schommelen van de trein, omdat ik de controle heb over de droom waarin ik wegzink.

Op het station wachten de paarden van de oude Chaliko ons op. We verlangen ernaar ze te zien, de paarden en Chaliko, die voor het huis zorgt. De vermoeidheid belet ons hem om de hals te vallen, hij drukt ons tegen zich aan, murmelt zinnen die alleen voor hem verstaanbaar zijn. We rijden langs de haven, de kades, het strand. Het huis is groot, we verblijven er elke zomer samen. Een en dezelfde zomer. Oftewel, het huis is klein. De kinderen slapen onder de hanenbalken in hetzelfde vertrek. Mijn grootouders in de woonkamer bij de piano. Soms slaat een van hen in zijn slaap tegen de toetsen, via het trapgat stijgt het geluid in crescendo naar ons op. Het is te warm. Behalve in de hal, waar het alle seizoenen koel blijft. De trapleuning is kaal gesleten. We glijden ervan af en komen met beide voeten op de koude vloer terecht. Deda wordt boos als ze ons dat ziet doen. Mijn moeder is geen waaghals, ze is bang, vooral voor ons. Babou, onze grootvader, doet alsof hij niets ziet. Ik denk dat hij de leuning heeft afgesleten toen hij zo oud was als wij. Niemand van ons verstuikt zijn enkel zoals Deda voorspelt.

Ik ben vijftien en die zomer ben ik bang, wil ik niet glijden. De anderen lachen me uit. Ze wachten me onder aan de trap op. Hun geroep weergalmt. De hal is het grootste vertrek van het huis, ook al dient hij nergens toe. Om ze hun mond te laten houden klim ik schrijlings op de leuning. Ik sluit mijn ogen, ik ga dood. Ik land jammerlijk aan hun voeten en probeer mijn jurk over mijn benen te trekken. Ik sta vlug op en loop weg. Ze komen achter me aan. Ik ren de trap weer op. Ik hol naar de badkamer en sluit mezelf net op tijd op. Ze kloppen zachtjes op de deur en fluisteren: 'Tamouna, Tamouna.' Ik hoor het gegrinnik, het gesmoes achter de deur. Ik sta voor de spiegel, ik kan mijn lachen niet inhouden, ik kan niet meer stoppen. Ik schater het in mijn eentje uit en sla mezelf daarbij gade, de tranen stromen over mijn wangen, mijn gezicht is vervormd van het lachen. Achter mij valt het gescheurde behang in flarden op de hurktoiletten. Ik veeg mijn tranen weg. Opeens hou ik op met lachen. De stilte is teruggekeerd, ze hebben er genoeg van gekregen. Ik ga op de grond zitten. Ik geniet van het alleen-zijn. Momenten van afzondering zijn schaars en waardevol. Binnen enkele ogenblikken zal een familielid op de deur komen kloppen. Ik hurk, ik draai een kraan open zodat het water het geluid overstemt. De anderen nemen het me kwalijk dat ik ze niet meer binnenlaat. Vroeger gingen we samen naar het toilet, de een hurkte terwijl de anderen rondom samendromden. De jongens vielen ons niet lastig. Daar vonden de grote discussies en beslissingen plaats. Wat voor spel zouden we gaan doen? Wie van de broers of zussen zou het laatste woord hebben bij een belangrijk meningsver—schil? Waar hadden we een hekel aan? Waren we verliefd? Ik draai de kraan dicht en klim op de verroeste badkuip om het piepkleine bovenraam open te doen. Ik kijk naar de wegen die door de bergen slingeren, naar de olijfbomen, de bougainvilles. Ik hoor het geschreeuw van de vismarkt, een kar, een paard, de meeuwen, de zee. Mijn neven en nichten en mijn zus zijn op straat, ze hebben niet op me gewacht. Bebia, een hand op haar heup, praat met de buurvrouw. Mijn grootmoeder neemt altijd die houding aan als ze staat, ik vind dat geen gezicht. Haar kan het niet schelen. Babou, mijn vader, mijn oom en een paar buren doen mee aan een nardi-toernooi, de spelers zitten, de anderen staan achter hen in de volle zon. Ze maken grote gebaren, slaken kreten. Ik zou willen dat het beeld tot leven kwam. Het is helder, gestold. Niets beweegt meer.

De haven van Batoumi verwijdert zich. Het is een vertrouwd gezicht, we zijn al eerder met een boot gaan varen en hebben de haven vaak vanaf zee gezien. Dit schip is veel groter. Het stampt. Ik ben misselijk. Ik zit ineengedoken in een hoek van de kajuit. Onbeweeglijk, anders ga ik overgeven. Ik hoor gehuil. Een gele ballon gaat langs me heen. Een vrouw en een klein meisje rennen erachteraan, strekken hun armen uit naar het plafond. Pak hem, pak hem, roepen ze. De mensen kijken op, begrijpen het niet of reageren te laat. Het kleine meisje brult nog harder. Sommigen doen nog een poging iets te doen, ze roepen, ze rennen achter de ballon aan, hij ontsnapt, ze hebben hem bijna te pakken, maar hij ontsnapt weer. Ik zou ze de mond willen snoeren, ik word steeds misselijker, ik verroer me niet. Ten slotte gaat de ballon ervandoor door een openstaande patrijspoort, er komt een einde aan de opwinding. Het kleine meisje huilt terwijl ze kijkt hoe de ballon opstijgt. Hij wordt kleiner en voegt zich dan bij de wolken. We volgen hem met onze ogen. Lang. Tot hij is verdwenen. De Georgische kust is opgegaan in de Zwarte Zee. Ik stop mijn oren dicht. Het gesnik van het meisje is onverdraaglijk voor mij. Ik zou het dek op willen, een frisse neus halen, en overgeven in de zee. We zitten binnen opgesloten. Ik stik. De stem van Deda galmt achter me. De hand van mijn vader rust op mijn schouder. Ik weet niet van wanneer het besluit om het land te verlaten dateert. Mijn zus Thea en ik hebben het de voorgaande dag vernomen en vervolgens is ons bevolen er met niemand over te praten. We hebben niet aan de ernst van onze vader getwijfeld. We hebben onze koffers gepakt, onze grootouders omhelsd, onze oom, onze tante, onze neven en nichten, en we hebben de trein naar Batoumi genomen. Midden in de winter. Een Italiaans schip naar Europa. Alle leden van de regering waar mijn vader deel van uitmaakte hebben zich met hun gezinnen ingescheept.

DE FLAUWTE IS voorbij. In de keuken geeft ze Pacha te eten. Hij schrokt zijn brokjes naar binnen en zet zich aan zijn toilet. Zijn vacht is hier en daar kaal. Hij wordt oud. Merkwaardige naam voor een kat, zei Tamaz, toen ze hem in huis nam, ik ben jaloers. Ze durfde hem niet te vragen waarop hij jaloers was. Nestane had het katje gevonden in de motor van een auto en had het haar kort daarvoor gebracht. Vóór Pacha had ze honden.

In haar kinderjaren volgde Dzarlo haar overal. In Batoumi zwom hij naast haar. Op een dag was hij naar een groepje jongens toe gerend. De laatste zomer in Georgië. De zomer dat ze vijftien was. Ze riep hem maar hij reageerde niet. Haar neven en nichten waren zonder haar vertrokken. Ze raapte haar moed bijeen en liep naar de jongens die bij de pier in het zand zaten. Ze spraken luid in het Russisch, met een Georgisch accent. Ze waren ouder. In zwembroek. Dzarlo was gaan zitten aan de voeten van de grootste en keek toe hoe die een ijsje verorberde. De jongen liet zich door de hond aanstaren. Hij had dikke zwarte haren zonder krullen. Een gespierd, bijna mager lichaam. Geheel gekleed stond ze naast hen. Ze droeg een hoed met linten. Ze keek strak naar het zand. Ze wilde de hond bij zijn halsband pakken, maar ze was bang zich belachelijk te maken als hij weigerde haar te volgen. Toen hij Dzarlo zijn half opgegeten ijsje aanreikte leek hij haar aanwezigheid op te merken en keek haar indringend aan. Hoewel ze boven hem uitstak – hij zat en zij stond – nam hij haar uit de hoogte op en ze vond hem ongemanierd.

Dzarlo, we gaan, zei ze terwijl ze haar hielen lichtte.

Ze hoorde gelach. Dzarlo verroerde zich niet. De jongen aaide zijn kop. Dat maakte haar woedend. Ze keerde op haar schreden terug en trok aan de halsband van de hond. De jongen stond op, hij was een stuk groter dan zij. Ze verfoeide zijn nonchalante elegantie.

Hij is koppig, zei hij, in het Georgisch nu. Ik loop met je mee, hij zal ons volgen.

Wie dacht hij wel niet dat hij was? Ze wilde protesteren, haar groeiende woede tonen. Ze zei niets en zij aan zij liepen ze over de kaden, met Dzarlo op hun hielen. De andere jongens hadden haar niet de minste aandacht geschonken.

Ik heet Tamaz. En jij?

Tamouna.

Ze gaf hem, als teken van vertrouwen, meteen de verkleinvorm en had er onmiddellijk spijt van. Hij leverde geen commentaar. Hij was niet erg spraakzaam. Zijn zwijgen vervulde haar met ontsteltenis. Ze zei: Tot ziens, ik denk dat mijn hond me nu wel zal volgen.

Ik breng je thuis, natuurlijk.

Hij leek de spot met haar te drijven, bleef steeds maar zijn wenkbrauwen optrekken. Maar hij hield woord en liep tot het huis met haar mee. Ze was bang dat iemand hen zou zien, maar de omgeving leek verlaten. Hij bukte zich om afscheid te nemen van de hond en stootte haar bij die beweging aan. Toen hij weer overeind kwam, probeerde ze haar ogen op die van hem te vestigen om hem haar minachting kenbaar te maken. Hij kneep zijn oogleden samen, glimlachte even dunnetjes, groette haar en verdween achter de huizen. Dzarlo ging aan haar voeten liggen en legde zijn kop tegen haar schoen.

De hond is bij haar grootouders in Georgië gebleven. Ze heeft ze nooit teruggezien. Geen van drieën. Ze kent de precieze datum van hun overlijden niet.

Ze wil net gaan ontbijten als de telefoon gaat. Tien voor tien. Ze wordt liever niet voor tien uur gebeld, ze vindt het prettig rustig de tijd te nemen. Vaak laat ze de telefoon overgaan en aan iedereen die vervolgens belt, vraagt ze: Heb jij even voor tienen gebeld? Ze voelt het vleugje ergernis in hun antwoord: nee, ze weten best dat ze niet voor tienen moeten bellen. Ze neemt het zichzelf kwalijk dat ze het niet kan laten de vraag te stellen. Het zou misschien beter zijn de telefoon van de haak te leggen in plaats van hem te laten overgaan omdat het nog geen tien uur is. Ze laat haar koffie met melk staan en komt in de benen om op te nemen. Ze heeft even nodig om het apparaat te bereiken, dat weten ze allemaal. Voor het eerste telefoontje van de dag tenminste. Daarna neemt ze de draadloze telefoon mee en legt hem naast zich neer, op de tafel, tussen de boeken, de kranten en de speelkaarten.

Hallo. Haar hallo komt eruit als gereutel.

Is er iets? vraagt Tsiala.

Ze wacht rustig een paar seconden en het lukt haar te articuleren: Nee hoor, ik was aan het ontbijten.

Weinig praten, zichzelf sparen.

Gefeliciteerd met je verjaardag! zegt Tsiala. Ik wilde de eerste zijn om je te feliciteren, ben ik de eerste?

Ze verzekert haar dat ze inderdaad de eerste is.

Ik ga ervandoor, ik ben te laat, tot straks.

Met de hoorn in de hand blijft ze op een hoek van de bank zitten. De gordijnen zijn nog dicht. De voorgaande dag heeft ze bij het vallen van de avond een ronde door het vertrek gemaakt, de lampen aan gedaan en ze dichtgetrokken. Een geruststellend ritueel. Sommige dagen wacht ze tot Mohamed komt en de gordijnen weer opendoet. Hij werkt in de kruidenierszaak aan de voet van het flatgebouw. Hij heeft de sleutel. Hij komt binnen. Zijn rijzige gestalte en zijn gelijkmatige stem stellen haar gerust. Hij doet het huishouden, brengt haar boodschappen naar boven, vult het koffiezetapparaat voor de volgende ochtend. Ze hoeft alleen nog maar op het knopje te drukken. Met de boterhammen redt ze zich wel. Hij komt uit Marokko, hij was kok in het paleis van de koning voor hij naar Frankrijk vertrok, hij begint vaak over zijn ballingschap en de familie die hij heeft achtergelaten. Ze luistert naar hem, ze dwingt hem soms te vertellen over de mishandelingen die hij in het paleis heeft ondergaan. Met enige terughoudendheid vertelt hij erover, bij stukjes en beetjes. Daarna verwijt ze zichzelf dat ze heeft aangedrongen. Zelf praat ze nooit over de redenen van haar ballingschap.

Ze doet de gordijnen open. Een ogenblik wordt ze door het daglicht verblind. Ze ziet haar reflectie in het spiegeltje boven de tafel. Een vrouw met donker haar, heldere, lachende ogen, vooruitstekende jukbeenderen, de mond open als een vis op het droge. Ze wendt zich af en kijkt naar de lucht, naar de door de wind heen en weer bewegende boomtoppen voor de ramen. Elke dag tekenen de wolken andere figuren. De straat is rustig. Ze heeft het voorbijkomen van de kinderen gemist. Ze volgen hun nog slaperige ouders en gaan met slepende tred de school op de hoek van de straat binnen. Later op de dag kalmeren hun kreten op het schoolplein haar, voelt ze zich er minder onrustig door. Een meisje heeft haar op een keer ontdekt op haar balkon, ze observeerde degene die haar observeerde en gaf haar een onopvallend teken. Het kleine meisje deed dat daarna regelmatig opnieuw en praatte er vervolgens op een ochtend met anderen over. Sindsdien zenden de kinderen haar boodschappen waar zij op antwoordt. De ouders zien niets. Het is iets tussen hen. Ze zijn met zijn vijven, ze weet niet of ze familie van elkaar zijn, twee jongens, drie meisjes, en ze kan hun gezichten niet goed onderscheiden. Ze denkt dat een van hen in de flat woont. Hij verdwijnt voor de entreehal uit zicht.

Van de tafel waaraan ze zit kan ze de hele woonkamer overzien, het balkon, een stukje van de straat, lucht, de bomen, het flatgebouw aan de overkant, de bovengrondse metrolijn.

De opschrijfboekjes die Tsiala haar heeft gegeven zitten nog in hun verpakking. Tsiala spoort haar aan te schrijven, zet haar een beetje onder druk zoals zij dat zelf doet bij Mohamed. Ze zou haar graag een plezier doen, en vertellen, maar het lukt haar niet. Ze haalt de boekjes uit hun verpakking, drinkt haar koffie op. Het zijn mooie boekjes met heel fijn papier. Ze pakt een balpen, schrijft rechtsboven de datum. Haar geest begint te dwalen, haar gedachten versnipperen.

Als ze soms vertelt – aan haar geheugen ontstolen verhalen – zegt Tsiala: Het is beter dan niets. Het is belangrijk voor ons, voor mij in ieder geval. Ze opent de balkondeur en loopt het balkon op. De telefoon gaat weer. Deze keer heeft ze hem in haar hand, ze laat zich in de rieten fauteuil vallen en neemt op.

Heb je goed geslapen? Ik kom om elf uur alles klaarzetten, zegt Nestane.

Elf uur, is dat niet een beetje vroeg?

Daar ben je toch wel blij om, mag ik hopen? Het lijkt wel of je het vervelend vindt.

Ach verjaardagen, weet je, maar ik verheug me erop jullie allemaal te zien.

Gefeliciteerd met je verjaardag, zegt Nestane bijna met tegenzin, en daarna: Vroeger hield je van verjaardagen.

Ze probeert in haar hoofd uit te rekenen hoeveel jaren Tamaz en zij elkaar niet hebben gezien. Misschien komt hij niet. Het is als een déjà vu. Ze heeft voor niets op hem gewacht, gehoopt. Op het laatste moment was Parijs niet zijn bestemming. Ze wacht nog steeds op hem. Hij was te laat. Altijd. Een te laat komen op z'n Georgisch.

Tot zo, zegt Nestane, en ze hangt op.

Ze heeft niet geluisterd, hoopt dat ze Nestane niet heeft gekwetst. *Genatsvale*. Ze mompelt het Georgische kooswoordje. De telefoon rinkelt weer. Het is Rézico.

Ik ben zo blij je te horen. Hoe gaat het met je?

Het gaat beter met me. En jij? Hoe voel je je? Ik had graag bij jullie willen zijn vanavond.

Rézico kan niet komen, hij woont ver weg. Het is beter zo, ze vermijden op die manier de dagelijkse ergernissen. Waarschijnlijk heeft ze Nestane gekwetst. Ze praten eventjes. Mohamed komt binnen, een rode roos in zijn hand. Ze hangt op, ze bedankt hem voor zijn attentie. Ze vraagt hem de roos in een vaasje te zetten op de tafel waaraan ze de dag gaat doorbrengen. Ze wil hem het belang van zijn cadeau kenbaar maken. Mohamed is de enige met wie ze over de komst van Tamaz heeft gepraat. Ze spreekt die naam niet meer uit. Hij is uit haar leven verdwenen en toch lijkt hij haar overal te hebben vergezeld. En hij, Tamaz? Denkt hij zo af en toe aan haar? Zijn mensen aanwezriger als ze eenmaal zijn vertrokken? Terwijl ze haar toilet maakt, denkt ze aan de afwezigen, stelt ze het belang van hun aanwezigheid in haar bestaan vast.

Als ze weer terugkeert op het balkon is de wind opgestoken en voelt het frisser. Pacha houdt zich in evenwicht op de balustrade. Zonder hem zou ze haar hoogtevrees zijn vergeten. Pacha knijpt zijn ogen samen en heft zijn snuit naar de zon. Het gazon is net gemaaid en de geur van vers gras stijgt naar haar op. Twee moeders zitten op een bank, twee kinderwagentjes voor zich. Ze zijn levendig in gesprek. Ze probeert te gissen waarover ze het hebben. De vrouw met de donkere krullen werkt niet iedere dag. Het komt voor dat ze zonder kind gaat zitten lezen, schrijven of tekenen. Andere keren loopt de vrouw het parkje niet in, komt ze alleen maar langs, loopt naast een man tot wie ze het woord richt terwijl ze grote gebaren maakt en aanstekelijk schaterlacht. Ze stelt zich het leven van deze vrouw voor. Een keer hield ze haar adem in, want ze dacht te zijn ontdekt op haar balkon, maar de vrouw wendde heel snel haar ogen af. Toch heeft ze het gevoel dat zij heel dichtbij is, ze kent haar smaak, haar stemmingen en ze is gehecht geraakt aan haar soms buitensporige lach. De twee vriendinnen verdwijnen uit haar gezichtsveld.

Ze staart naar haar handen die de balustrade omvatten. Ze ziet weer die van Thea voor zich, hun handen leken op elkaar. Is dat de reden waarom zij ze zich zo precies herinnert? De bewegingloze witte handen van haar zus, in ruste als de takken van kale bomen. Thea en zij praatten soms uren. Tot diep in de nacht in Georgië, daarna in Parijs, in het kleine appartement. De handen van Thea grepen de hare.

Ze legt haar hoofd tegen de rug van de rieten fauteuil en sluit haar ogen. Het lawaai van auto's op de boulevard wordt minder en neemt vervolgens rond lunchtijd weer toe, het getoeter eveneens. Mohamed zet de stofzuiger aan. Ze verlaat het balkon en loopt naar hem toe. Hij staat over het tapijt gebogen, de stofzuiger lijkt minuscuul in zijn handen. Hij draait zich bijna meteen om.

Mohamed, kun je alsjeblieft mijn apparaat naar de woonkamer brengen? Ik ga aan de zuurstof.

Als ze hem ziet verbleken, voegt ze er vlug aan toe: Maak je niet ongerust, alles gaat goed, maar ik wil vanavond in vorm zijn.

Hij lijkt opgelucht. Hij haast zich haar op haar plek aan tafel aan de zuurstof te zetten. Hij weet uit zijn hoofd met welke voorwerpen ze zich omringt voor de dag, ze liggen binnen handbereik naast haar naaiwerk.

Vanaf de tafel kan ze de witte hanggeranium zien, het blauwe ijzerkruid, de springbalsemien. Rechts van het flatgebouw aan de overkant heeft ze zicht op de metro. Precies op die plek loopt de metrotrein het station binnen. Een duidelijk afgegrensde en geruststellende uitsnede van een beweging. In de loop van de jaren zijn de treinen veranderd en de wielen maken geen lawaai meer, bijna niets kondigt nog de komst van een metro aan. Ze plaatst buiten medeweten van Mohamed een pluk watten op elke wang, daar waar het zuurstofmasker rust. Om ontsierende afdrukken te voorkomen. Die stomme afdrukken hebben haar ertoe bewogen het de afgelopen nacht zonder zuurstof te stellen. Ze ziet nu de futiliteit ervan in. Sporen op haar gezicht, Tamaz zou er nog wel meer opmerken. En hij, wat voor gezicht zou hij hebben? Plotseling heeft ze geen zin meer hem te zien. Ze is gewend aan het idee dat ze hem nooit terug zal zien. Hij zal wel over haar ziekte hebben gehoord. Ze wil niet dat hij haar in deze toestand ziet. Ze kan hem nog bellen, afzeggen. Ze slaat een boek open, leest een paar bladzijden zonder een woord ervan in zich op te nemen, slaat het weer dicht. Ze pakt een kaartspel, begint een spelletje patience maar maakt het niet af. Ze legt de kaarten uit op de tafel, verplaatst ze werktuigelijk. Nee, ze zal hem ontvangen nu hij toch zo aan dit bezoek hecht. Ze zal indruk op hem maken zoals ze ervan droomt dat te doen.

Zal er een dag komen dat ze niet meer alleen naar de badkamer kan gaan? Wat zal er dan gebeuren? Ze ziet het magere lijf van haar moeder weer voor zich. Deda, gewassen door de verpleegsters. Ze ging een keer de wasruimte binnen toen ze dat niet had moeten doen. In het vervolg waste ze haar moeder zelf. Ze had er een hekel aan. Deda ook. Ze haatten elkaar gedurende die verplichte sessies. Ze zoekt het spiegeltje in de buffetla achter haar. Ze bekijkt zich erin. Heel even vindt ze zichzelf mooi. Ze pakt het manicure-etui en begint haar nagels te verzorgen.

WE RENNEN OVER de straatstenen. We tellen de schepen langs de kade. We verzinnen hun toekomstige en voorbije bestemmingen. Een plek in de haven die onze ouders ons verbieden. Tamaz is achter ons. Ik schrik als ik hem herken. Hij maakt geen enkel gebaar. Ik twijfel of hij daar voor mij is. Ik wend me af, ik voel zijn afwezigheid als we op de kaderand gaan zitten. Ik iets naar achteren met Gougou, omdat ik hoogtevrees heb en omdat Gougou te klein is.

Ik gluur naar hem. Heeft hij mijn nichtje Daredjane opgemerkt, die ouder lijkt dan ik, die een lichte huid heeft, glad als porselein, en blonde haren? Hij kijkt in de verte. Ik praat tegen Gougou en sla mijn ogen neer, maar ik blijf Tamaz in het oog houden. Ik heb het erg warm en heb zin terug te gaan. Ik zou hem willen ontvluchten of hem bij me willen houden. Ik verlang ernaar alleen te zijn. Ik stel voor ergens anders heen te gaan. Ik vind geen reden hun te ontglippen. Ik neem Thea in vertrouwen zonder iets over de jongen achter ons te zeggen. Ze accepteert mijn behoefte aan eenzaamheid, sleept de anderen mee, ik zal me later weer bij hen voegen. Ik loop een straatje in terwijl zij rechtdoor gaan. Ik bid dat Tamaz er nog zal zijn als ik mijn hoofd omdraai. Ik doe een paar stappen waarbij ik mijn best doe licht te lijken. Ik draai me om. Niemand. Ik lach mezelf uit. Ik verafschuw die jongen. Ik word bang. Ik kom weer uit op de kade, bij de vuurtoren. Deze plek heb ik liever, prettiger als die is voor jonge meisjes, ondanks de woeste golven op de pier. Een hand wordt op mijn schouder gelegd, ik heb geen tijd om bang te zijn. Tamaz glimlacht naar me en groet beleefd. Ik zou hem willen vragen of hij me is gevolgd en waarom. Ik praat over iets anders. Een braaf gesprek waarin we elkaar precieze informatie geven. Onze namen, onze adressen, onze burgerlijke staat. Hij is maar twee jaar ouder dan ik. Dat is minder dan ik dacht. Hij leert ook Frans. Zijn vader is arts, daar in Batoumi, hij behandelt de mensen met toewijding, soms zonder zich ervoor te laten betalen. Tamaz lijkt hem erg te bewonderen. Hij droomt van Amerika, ik van Parijs, van Franse dichters. Ik praat over de politieke rol van mijn vader, hij heeft de onafhankelijkheid van Georgië uitgeroepen. Met de leden van zijn partij hebben ze een regering gevormd, mijn vader is daarin de minister van Landbouw. Ik wacht zijn reactie af. Het lukt me niet erachter te komen wat hij ervan denkt. Ik neem het mezelf kwalijk dat ik over mijn vader ben begonnen. Ik realiseer me dat ik weinig weet over waar hij werkelijk mee bezig is. Zelfs als ik het wilde zou ik niet meer details kunnen geven. Tamaz observeert me, stelt geen vragen, hij spreekt met me af voor de volgende dag. Zijn mond beroert mijn handpalm. Ik transpireer. Ik trek mijn hand terug uit angst dat hij het zal merken. Ik bedenk me, ik zou willen dat hij me niet losliet, het is al te laat. Hij loopt weg. Ik kijk hoe hij wegloopt. Elke minuut die volgt is aan dat moment gewijd. Ik denk er onophoudelijk aan. Ik tel de uren tot aan onze afspraak. Ik vraag me af hoe ik zal ontsnappen aan mijn familie, aan onze kinderbende. Voor ons is dat ongewoon, we doen nooit iets zonder elkaar. Ik bedenk wel iets. Ik ben geen kind meer.

Ik kies het hazenpad op een moment dat ze met hun rug naar me toe staan. Tamaz wacht op me op de afgesproken plek. Hij kijkt hoe ik op hem afloop. Ik voel mijn benen trillen. Desondanks blijf ik overeind. Hij komt me tegemoet. We staren elkaar aan en zeggen geen woord. Misschien weet hij evenmin als ik wat ons overkomt. We lopen in stilte. Hij raakt me niet aan. Soms strijken onze lichamen licht langs elkaar. We wandelen lang. Het is ideaal weer, we hebben een lichte bries in de rug. We spreken met elkaar af zonder dat we behoefte hebben om te praten. Ik ga terug naar huis, naar bed, wend een plotselinge koorts voor. Bebia brengt me thee, legt haar hand op mijn voorhoofd en mompelt: Je bent inderdaad koortsig, genatsvale. Ik hou haar tegen, pak haar arm vast, ze is vast verbaasd maar laat het niet merken. Ze gaat op de rand van het bed zitten en zingt een liedje voor me, dat over niet kunnen slapen. Ik vraag om dat van de feestdagen. Ik bedwing de tranen waar ik haar geen verklaring voor zou kunnen geven.

ZE HAD NOTITIES moeten maken, Tsiala heeft gelijk, op zijn minst de feiten noteren, kunnen zeggen wat er werkelijk is gebeurd, op welk moment. Van hun geschiedenis zijn alleen nog flarden over in haar onbetrouwbare geheugen. Ze heeft voor Tamaz dingen verborgen, details weggelaten. Zij weet vast ook niet alles.

Mohamed komt de kamer weer binnen, onderbreekt de lijn van haar gedachten. Hij haalt een stofdoek over het buffet achter haar.

Laat toch, zegt ze, dat kun je morgen doen, na het feest.

Hij hoort het niet of doet net alsof. Ze geneert zich altijd tegenover die man op leeftijd die haar huishouden doet. Ze kijkt hoe zijn lange lijf vooroverbuigt en opnieuw valt haar zijn elegantie op. Hij werkt als een bezetene, heeft allerlei verschillende baantjes. Hij stuurt geld naar zijn familie en hoopt dat hij zijn verblijfsvergunning krijgt, de zijnen kan laten overkomen, hen gewoon kan terugzien. Ze heeft hem verteld over het Sovjetregime, over de onmogelijkheid iets van wie dan ook te horen, over de verboden terugkeer. Die abrupte breuk waarvan ze de absurditeit hebben moeten aanvaarden. En de wegzinkende hoop in van dag tot dag geleefde levens. Mohamed toont belangstelling voor degenen

33

die zijn achtergebleven, hij geeft ze weer een bestaan gedurende hun korte maar talrijke gesprekken, onderbroken door een snelle rondgang met stofdoek of stofzuiger. Met Mohamed is het gemakkelijker om het verleden op te halen. Hij maakt nu de zilveren theepot schoon, het enige Georgische relict. Ze heeft nooit de middelen gehad om er een werkster op na te houden. Tegenwoordig wordt botje bij botje gelegd om iemand te betalen die voor haar zorgt, vanwege haar zwakke gezondheid was er geen andere keus. Ze legt de laatste hand aan het lakken van haar nagels. Mohamed lijkt niet naar een andere kamer toe te willen. Als waakte hij over haar. Ze kijkt op haar horloge. Nestane zal niet lang op zich laten wachten. Ze besluit haar zuurstofmasker af te zetten om haar niet ongerust te maken. Ze bergt de spiegel en het manicure-etui op in het buffet, haar blik glijdt over de fotoalbums. Dat heeft haar nooit aangetrokken, de foto's uitzoeken, aangeven wat erop te zien is, ze van commentaar voorzien. Anderen hebben het gedaan voor de kinderen. Ze namen hen op schoot, bladerden met hen door de albums. De kinderen ontdekten zichzelf als baby, bekeken de mensen aan hun zijde die glimlachen voor de camera. Ze hielden van de onbekende gezichten. Voor hen zijn ze de albums steeds blijven bijwerken. Nu heeft Tsiala zich er meester van gemaakt, zij dwingt haar zich te herinneren wat op de foto's te zien is, ze te plaatsen om de verborgen betekenis ervan te begrijpen. Ze slaagt er niet in, vindt een uitvlucht, ze herhaalt onvermoeibaar de namen, als een litanie, een magische formule die de deuren zou openen van een verdwenen wereld. Wachtang Tsitsichvili, Medea Rambachidze, Valiko Abachidze, Themouraz

Ramichvili... Tsiala noteert ze met een vertrouwen dat haar een ongemakkelijk gevoel geeft. De herinneringen komen boven op het moment dat ze er het minst op bedacht is, ze raken even aan de waarheid en liegen vervolgens al heel snel. Ze laat ze enigszins bezwaard varen en neemt haar toevlucht in eindeloze mijmerijen waarin ze uiteindelijk weer andere verzint.

Tsiala heeft een passie voor fotografie, ze maakt er studie van, fotografeert, neemt de boeken van grote fotografen door. Onlangs heeft ze de achterkamer gevraagd, het vertrek waar Deda vroeger sliep en dat nu als rommelhok dienstdoet. Ze heeft de meubels verplaatst om er haar afstudeerproject te exposeren. Aan de muren hangen foto's die uit de familiealbums zijn gehaald naast het Georgische schrift, dat Tsiala mooi vindt maar dat duister voor haar blijft, collages, vreemde hedendaagse beelden. Dat heeft tweedracht gezaaid in de familiekring. Sommigen hebben het slecht opgevat dat ze Tsiala zonder voorafgaand overleg een kamer heeft gegeven. Kan een van hen zomaar beslag leggen op het familiegoed, te weten de documenten en foto's?

Het is goed dat die kamer ergens toe dient, reageerden anderen op deze protesten, Tamouna, je kunt ermee doen wat je wilt. En bovendien heb je gelijk dat je haar aanmoedigt.

De eerste keer dat Tsiala haar meenam naar de getransformeerde kamer had ze de bonte expositie zonder iets te zeggen bekeken. Ze keerden in de woonkamer terug en spraken over iets anders. Over Mathieu die Tsiala niet had teruggebeld.

Waarom bel jij niet? vroeg ze.

Ik heb mijn trots, antwoordde Tsiala.

Er was een tijd dat een meisje een jongen niet kon bellen, dat deed je niet, maar soms zouden bepaalde dingen anders zijn gelopen als ik de moed had gehad te bellen. Het is een kwestie van moed, weet je, niet van gebrek aan trots.

Vertel, wat zou er anders zijn geweest? vroeg Tsiala.

Ze zou graag zien dat Tsiala meer tijd doorbracht met leven in plaats van zich daar met haar op te sluiten, of in donkere kamers om momentopnamen van het leven van anderen te ontwikkelen. Ze herkent haar vermogen om in een parallelle wereld weg te zinken. Ze zou geroerd willen zijn door de expositie, maar is het niet. Ze heeft er een vaag schuldgevoel over. Tsiala's werk is een fotografische documentaire over het traject dat hen van Tbilisi naar Parijs heeft gebracht. Het project houdt zich aan de feiten, zonder ze mooier te maken en zonder medelijden. Ze zou haar een compliment moeten maken. Maar ze is niet zo sterk in aanmoedigingen, tedere gebaren, omhelzingen. Die lijken haar al snel overdreven. Ze troost zich met de zekerheid dat ze wel opmonterend kan zijn.

MIJN VADER VOERT actie voor de sociaaldemocratische partij. Dat is niet die van mijn oom, de echtgenoot van mijn tante, de zus van mijn moeder. In huis mijden ze het onderwerp en dan opeens gaat het met hen aan de haal, een ruzie barst los. Op een avond in Batoumi is er een vechtpartij op straat. Mijn neven en nichten en ik worden wakker van het geschreeuw, we proberen door het dakraam te kijken, het is te klein voor ons zessen, we haasten ons de trap af. De deur staat open, ze zijn op straat. Een vriend van mijn oom scheldt mijn vader de huid vol. Mijn vader vliegt op hem af, probeert hem te slaan. Deda, Bebia en mijn tante schreeuwen. Mijn oom wil ze uit elkaar halen. Ze vallen alle drie op de grond. Mijn vader bedekt zijn gezicht. Hij heeft bloed aan zijn handen, de man ligt languit op de grond, beweegt niet meer. Een stem roept: Je hebt hem doodgeslagen, je bent gek, je hebt hem doodgeslagen. Niemand van hen merkt de kinderen op, in pyjama en nachthemd, op blote voeten. Gedisciplineerd gaan we weer de trap op naar onze zolder. We weten niet wat we anders moeten doen. We strekken ons weer uit op onze bedden. Het is warm.

Ik wou dat ik op mijn gemak mijn kleren uit kon doen, zegt mijn nicht Daredjane, we zijn te oud om de slaapkamer met de jongens te delen.

We moeten hem nog twee jaar delen.

Kleed je uit en hou je mond, zegt haar broer Irakli, je bent niet oud genoeg om interessant voor mij te zijn.

Daredjane komt woedend overeind.

Hou op jullie, zegt Thea, papa heeft een man doodgeslagen.

Wat zeg je? vraagt Gougou.

Welnee, niemand heeft iemand doodgeslagen, zegt Daredjane.

Het is een vechtpartij, zegt Irakli, die zal je nog wel meer meemaken, onnozelaar.

Hij bewoog in ieder geval niet meer, zegt Eka.

En papa bloedde, voegt Thea eraan toe.

Mijn vader zegt dat er een revolutie gaat komen, zegt Eka, maar hij is het niet eens met jullie vader die wil dat daarbij bloed wordt vergoten.

Je kletst maar wat, zegt Thea, papa wil niet dat er bloed wordt vergoten.

Stil, zegt Daredjane, ik wil slapen.

O, wat er ook gebeurt, prinses Daredjane wil slapen, zegt Irakli op aanstellerige toon.

Daredjane staat op en probeert hem te slaan. Hij ontwijkt de klap en lacht honend. Ik stap mijn bed uit en kom tussenbeide.

Luister, nu zijn ze aan het zingen.

We zwijgen. Het gezang en het geluid van de piano stijgen naar ons op, de vertrouwde geluiden van een doodgewone avond.

Waarom huil je? vraagt Thea aan Eka.

Ze huilt voortdurend, zegt Daredjane.

Ze wil niet dat er een revolutie komt, maar de Georgiërs wachten daar al heel lang op, zegt Gougou.

Hij is de kleinste en zoals gewoonlijk besteedt niemand aandacht aan wat hij zegt. Beneden is mijn vader mee gaan zingen. Ik herken zijn hoge stem tussen de andere. Als hij praat wordt zijn stem lager. Ze klappen in hun handen. Daredjane gaat op haar bed staan en doet de Georgische dans na, waarbij ze sierlijk haar handen boven zich houdt. Irakli geeft haar een duw, ze valt terug op haar matras.

Ik ga naar beneden om te kijken, zeg ik.

Ik sta op en doe de deur open. Ze volgen me. We gaan weer de trap af. Deze keer ziet onze grootmoeder ons. Ze gebaart ons dichterbij te komen. Mijn oom is achter de piano gaan zitten. Mijn tante danst met de man die mijn vader heeft geslagen. Vervolgens nodigt de man Deda uit. Mijn vader, een verband om zijn voorhoofd, slaat zijn armen om de schouders van de man. Ze maken een paar Kaukasische danspassen. Ik veracht hen. Ik verlaat het vertrek, het huis. Niemand heeft me gezien.

Ik loop weg, ik ga naar de zee. Ik kan de straten wel dromen, maar in duisternis verzonken maken ze me een beetje bang. Ik duik weg achter een vijgenboom langs een voetpad, de geur ervan bedwelmt me. Ik durf niet meer te bewegen, te bang om rechtsomkeert te maken. Het zal wel moeten. Ik keer rennend terug naar huis. Het huis lijkt ingeslapen, Thea fluistert onder aan de trap.

Ik was ongerust, ik heb gezegd dat je boven was, wat heb je gedaan?

Ssst! Je hebt me laten schrikken. Ga slapen, ik kom zo.

Ze gehoorzaamt, opgelucht over mijn terugkeer. Het licht in de woonkamer brandt. Mijn grootvader ligt op de bank, hij snurkt luid, zijn boek is gevallen, zijn arm hangt bewegingloos omlaag, ik til de arm op en leg hem op zijn buik. Hij beweegt een beetje in zijn slaap, hij heeft te veel gedronken en Bebia heeft hem het bed uit gejaagd. Ik schuif een kussen onder zijn hoofd. Ik loop naar de piano, naar het bed waar Bebia slaapt. De stilte is drukkend. Ik ben bang dat ze geen adem meer haalt. Ik knijp in haar arm. Een rilling loopt door haar lijf, ze mummelt iets. Dat is aan mij gericht, voor mijn grootmoeder ben ik degene die haar knijpt in haar slaap. Ik kruip in het bed naast haar, het ruikt naar Babou. Ze mompelt: Slaap, meisje. Ik sluit braaf mijn ogen.

In Tbilisi wonen Babou en Bebia bij ons. Verschillende keren dat mijn ouders er niet waren zijn mensen van de tsaar, Russen, gekomen om hen te ondervragen over de activiteiten van mijn vader. Sinds de opstand van 1905 worden de tegenstanders van het Rijk opgespoord en naar Siberië gestuurd, we kennen mensen die dat is overkomen. Ik ben me niet echt bewust van de dreiging waaraan we blootstaan, en evenmin van het gevaar van mijn vaders engagement.

Na mijn ontmoeting met Tamaz probeer ik er meer over te weten te komen. Ik sta op een avond op, als het hele huis slaapt. Alleen mijn vader is nog wakker. Ik weet dat ik hem in zijn werkkamer aan het werk zal vinden. Hij zit over zijn dossiers gebogen en rookt zijn pijp. Hij is vaak afwezig de laatste tijd, zijn werk als minister neemt hem volledig in beslag, Deda neemt hem dat kwalijk. Ik doe de deur een stukje open en klop. Hij kijkt op, strekt zijn hand naar me uit: Tamouna, genatsvale, wat doe jij uit je bed op dit uur?

Ik pak zijn hand, hij trekt me op zijn schoot. Ik heb sinds ik groot ben niet meer bij hem op schoot gezeten.

Ik wil je een paar vragen stellen over je werk, over de regering.

Dus het is serieus? zegt hij, terwijl hij een wenkbrauw optrekt.

Mijn vader heeft heel donker haar en zijn wenkbrauwen zijn zwart en dik. Deze keer maakt de wenkbrauw me niet aan het lachen. Ik stel mijn vragen, ik pak een stoel en ga tegenover hem zitten. Voor het eerst praat hij tegen me als tegen een volwassene.

Op 26 mei 1918 heeft de Nationale Vergadering van Georgië de onafhankelijkheid van Georgië uitgeroepen, dat is een belangrijke gebeurtenis geweest. Het land was meer dan honderd jaar geannexeerd door de Russen.

Is het daarom dat de Georgische taal nu is toegestaan?

Laat me uitpraten, zegt hij.

In februari 1919 hebben verkiezingen plaatsgevonden, de mannen ouder dan twintig maar ook de vrouwen konden stemmen. De sociaaldemocratische partij is gekozen met vijfentachtig procent van de stemmen, mijn vader is tot minister van Landbouw benoemd. Noe Zjordania is de president. Ze staan voor een enorme taak, toch hebben ze in een paar maanden al grote veranderingen doorgevoerd.

Hij vertelt me over de landbouwhervormingen die hij in gang heeft gezet en die woede en verzet oproepen. De grond van de oude adel is onteigend en herverdeeld onder boeren en kleine landeigenaren. Dat is de grondslag van het socialisme, zegt hij tegen me. Hij vertelt over de bossen, de weiden en de grote landgoederen die tot nationaal bezit zijn verklaard, over het weer op gang brengen van de productie, de handel, over de hervorming die de werkdag voor iedereen terugbrengt tot acht uur, over de scheiding van kerk en staat en de afschaffing van religieus onderwijs op de scholen. Ik begrijp niet alles maar vat waar het om draait.

Hij spreekt over hun voortdurende waakzaamheid opdat de nieuwe regering het land naar de toekomst kan leiden. Te veel mensen willen haar ondergang. De Turken, het Russische leger en de bolsjewieken die overal in het land infiltreren. Hij lijkt trots en vol vertrouwen in de steun van de westerse democratieën.

Wat heeft hij je gezegd? vraagt Thea me de volgende dag.

Ik probeer haar zo helder mogelijk de situatie uit te leggen. We zijn alleen thuis. Onze neven en nichten zijn naar de kerk met hun ouders, Babou, Bebia en Deda. Onze moeder maakt kerkbezoek nooit tot een verplichting. Ik verdenk mijn vader ervan dat hij er geen waarde aan hecht. Ik bied geen weerstand aan het verlangen met Tamaz te praten. Dat maakt hem werkelijker en ik heb behoefte aan die werkelijkheid. Thea neemt het me kwalijk dat ik zo lang heb gewacht met het haar te vertellen. Ze laat me steeds zijn naam herhalen, wat we hebben gezegd, wat we hebben gedaan. Ze weigert te geloven dat hij me niet heeft gekust, ze vraagt of ik er zin in heb. Ik word haar vragen moe. Opeens heb ik spijt van mijn ontboezemingen. Dat zeg ik haar, ik zeg ook dat haar manier van reageren mijn gevoelens besmeurt. Nu zwijgt ze, gekwetst. Ze blijft nooit lang boos, ik laat haar beloven het niet door te vertellen en die wens alleen al aanvaardt ze als een excuus.

Ik zie Tamaz terug zodra ik kan. We praten minder, we lopen alleen maar naast elkaar. Er is geen lichamelijk contact tussen ons. Een gewone onopzettelijke aanraking roept een emotie op die ik moeilijk kan beheersen. Hij lijkt het niet op te merken en ik vind het prettig te denken dat de aanraking ook hem verwart. Ik twijfel er niet aan dat hij onze wandelingen prettig vindt, want hij krijgt er net zomin genoeg van als ik. De dagen verstrijken, de zomer loopt op zijn eind. Denkend aan hem slaap ik in en als ik wakker word droom ik van niets anders dan hem terugzien.

Het wordt september. De dertiende van die maand is het feest in Batoumi. De regering ontvangt de delegaties van de Europese democratieën, de stad is versierd met vlaggen, slingers, bloemen. Een drukke menigte danst en zingt in de straten. Alle inwoners lijken uit hun huizen te zijn gekomen. Deze commotie maakt me euforisch, en de anderen ook geloof ik, we gaan schreeuwend naar buiten en volgen de menigte die met borden zwaait waarop DE GEORGISCHE DEMOCRATIE GROET DE LEIDERS VAN DE EUROPESE DEMOCRATIEËN staat, of LEVE DE INTERNATIONALE, LEVE HET SOCIALISME. We rennen weg zonder te reageren op het geroep van onze moeders, we zijn oncontroleerbaar geworden. De buitenlanders arriveren aan boord van een passagiersschip, Belgische, Engelse, Franse en Duitse politici, ze worden begroet met patriottische liederen, toosten en kreten. De toespraken duren eeuwig. Mijn enthousiasme zakt ten slotte in, ik wurm me door de menigte, ik ben de anderen kwijtgeraakt of zij mij. In de verte ontdek ik de rijzige gestalte van Tamaz. Hij krijgt me in de gaten en lijkt niet verbaasd over deze ontmoeting. Even denk ik dat het niets met toeval te maken heeft, dat hij op me wachtte, wat niet waarschijnlijk is te midden van een dergelijke menigte. Hij baant zich een weg naar me toe en pakt mijn hand. Deze keer hou ik zijn hand stevig vast en laat niet los. Hij voert me mee naar een plek achteraf in een steeg. Hij drukt me tegen een muur, streelt mijn wang, omhult mijn gezicht met zijn handen en trekt het naar zich toe. Hij kan zijn ogen niet van me afhouden, hij lijkt een reactie af te wachten, zijn blik zet me in vuur en vlam, ik bied hem mijn lippen aan. We kussen, eerst heel zacht, dan heel hevig. Geen van ons lijkt te willen stoppen, maar we moeten toch echt weer op adem komen. We staren elkaar in stilte aan, ik vlei me dicht tegen hem aan, ik sla mijn amen om hem heen, ik druk mijn lippen in zijn nek, hij streelt mijn haar.

Ben je trots op je vader? vraagt hij me later. Heb je ze gehoord? Ze begroetten Georgië als het eerste democratische socialistische land van de wereld.

En jouw vader, is hij socialist?

Ik geloof het niet, hij is arts. En als Georgiër wil hij het beste voor zijn land.

Hoe weet je zeker wat het beste is?

Je hebt gelijk, zegt hij tegen me, dat kun je onmogelijk zeker weten, maar sommigen hebben een onwankelbaar geloof ergens in en ze worden gedreven door hun overtuiging.

We zoenen elkaar weer. Tussen twee kussen fluister ik: Morgen gaan we terug naar Tbilisi.

Ik weet het, zegt hij.

Ik neem het hem kwalijk dat hij zo onbewogen blijft. Ik dring aan: We zullen niet voor de volgende zomer terugkomen.

Ik weet het, zegt hij nog eens, dat maakt me niet bang, we zullen elkaar terugzien.

Ik vat zijn antwoord op als een belofte.

Ik zal maar één keer naar Batoumi terugkeren, om aan boord te gaan van een Italiaans schip en met mijn ouders en zus over de Zwarte Zee te vluchten.

Als we uit elkaar gaan is de stad rustiger en ik realiseer me dat hij me tot voor ons huis heeft gebracht. Ik heb geen zin om naar binnen te gaan. Ik kijk hem na en het lukt me niet om te huilen. Mijn lippen trillen nog van het kussen. Ik hoor mijn tante schreeuwen. Ik begrijp dat Gougou nog maar net thuis is gekomen, hij was alleen, niemand heeft op hem gelet. Ik duw het hek open.

ZE SLAAT DE familiealbums niet open. Liever blijft ze zitten zonder iets te doen, haar gedachten houden haar voldoende bezig. Op zulke momenten loopt en rent ze als vroeger. Ze kan overal naartoe, haar geheugen kent geen grenzen. Ze geniet van de oneindigheid ervan. Nu denkt ze nergens aan, ze staart naar het raam, de balustrade van het balkon. Een bij strijkt neer op een bloem. Het is april, binnenkort zal het zomer zijn. De geur van Parijs, de sfeer op straat zullen veranderen, stemmen gaan op de trottoirs resoneren, de dagen worden langer. Ze zullen op vakantie gaan, ze zal alleen in de stad zijn onder de hoede van Mohamed. Door haar voortdurende immobiliteit is ze ontvankelijk geworden voor het minste geruis van een blaadje, voor het gezoem van een insect. Ze merkt dingen op waar ze eerder nooit op zou hebben gelet. Een ander accent, een stembuiging. Ze kan een verborgen verdriet bespeuren of een ogenblik van blijdschap. De kinderen schreeuwen op het schoolplein, het speelkwartier is aangebroken, het licht begint het parkje te overspoelen. Haar dagen zouden op elkaar moeten lijken, gemarkeerd als ze zijn door dezelfde geluiden, de regelmaat van het leven buiten. Dat is niet het geval. De bezoekjes brengen een vlaag van het onvoorziene met zich mee. Ze kijkt er ongeduldig naar uit. In de zomer zijn het de ansichtkaarten. Sommigen zoeken ze met zorg uit. Hun kaarten hebben een heel sterke suggestieve kracht. Meer dan de foto's. Het wateroppervlak, de horizon op zee, het korenveld achter het huis, de plekken die haar voortaan ontzegd zijn.

Een paar jaar geleden heeft Rézico haar in de auto meegenomen om de zee terug te zien, ze voorvoelde dat het de laatste keer zou zijn. Ze begon moeilijker adem te halen. Ze was net gestopt met roken en dacht alleen maar aan haar Gauloises. Ze liep over het strand met de gedachte dat dit nu een ideale gelegenheid voor een sigaret zou zijn geweest. Ze genoot niet echt van het moment. Ze hield Rézico bij de arm, zette haar voeten voorzichtig neer, ze zakten weg in het zand. De mensen in zwemkleding keken naar hen toen ze voorbijkwamen. Ze benijdde hen. Ze had pootjegebaad. Een golf brak vlak voor haar en maakte haar kleren nat. Al die tijd verlangde ze obsessief naar een Gauloise, naar een van de Gauloises die van haar die geklede vrouw tussen ontklede mensen hadden gemaakt. Nu kan ze er geen genoeg van krijgen de autorit naar het strand opnieuw te maken. De geur van het zand, het zout en de algen opsnuiven. Ze ziet de zon ondergaan boven het veld. Ze duwt de deur van het huis in Batoumi open. Ze loopt door de straten van Tbilisi in de richting van de Mtatsminda-berg. Dezelfde trajecten afleggen, dezelfde boulevards weer inslaan op dezelfde momenten van de dag. Niets is voor haar onmogelijk.

Ze denkt vaak aan de manier waarop Tsiala met haar over

fotografie praat. Het plezier een camera vast te houden, de dingen naar believen te transformeren.

De telefoon gaat opnieuw. Op hetzelfde moment draait er een sleutel in het slot. Nestane heeft een karakteristieke manier van binnenkomen en de deur weer dichtdoen. Haar energie vult onmiddellijk het appartement.

Ik ben er, roept ze, ik kom eraan.

Ze hoort haar naar de keuken lopen, de boodschappen uitladen. Ze neemt de telefoon op. Eka feliciteert haar en kan nog niet zeggen of ze vanavond komt. Weet zij of Daredjane van plan is te komen? Eka is er niet zeker van maar ze denkt van wel. Daredjane die eruitziet als een modepop, Daredjane en haar legendarische elegantie, zei Tamaz. Ze begint woedend op haar nagels te bijten, herinnert zich – op tijd – dat ze die net heeft gelakt. Ze trekt het zuurstofmasker af, zet het apparaat uit, bevrijdt zich. In de keuken is Nestane bezig het boodschappenwagentje te legen. Ze lacht naar haar. Ze kussen elkaar niet. Hun dagelijkse ontmoetingen ontslaan hen van die verplichting. Ze is daar dankbaar voor. Geen hartelijkheden.

Zullen we de *lobio* maken? zegt Nestane. Ik zet de bonen op.

Als je wilt kun je al het benodigde in de woonkamer brengen en dan ga ik ermee aan de slag. Ik kan het alleen doen, hoor.

Nee nee, ik vind het fijn als we het samen doen, zegt Nestane.

Ze gaat terug naar haar stoel, de deuren van de keukenkastjes gaan open en dicht.

Kan ik helpen, mevrouw Nestane? vraagt Mohamed.

Nee dank je, Mohamed, hoe gaat het? Gaat het beter met je voet?

Ze luistert niet meer naar ze. Nestane brengt de ingrediënten voor de bereiding: de walnoten, de uien, de *kinzi*, de kruiden, de *oetskosoeneli*. De geur van de kinzi verdrijft alle andere geuren. Het is die van de keuken in Tbilisi. De jurken van Bebia waren ervan doortrokken. Ze pelt de walnoten, begint ze fijn te stampen.

Wil je niet even aan de zuurstof? vraagt Nestane. Je lijkt een beetje kortademig.

Als je wilt.

Nestane helpt haar het masker op haar neus te zetten terwijl zij haar handen in de slakom houdt. Onmogelijk haar te vragen de watten aan te brengen om te voorkomen dat er een afdruk achterblijft. Ze werken op het ritme van het geronk van het zuurstofapparaat.

Heb je naar de reportage van Salomé gekeken? vraagt Nestane.

Uiteraard.

Salomé, de oudste van Nestanes dochters, is televisieverslaggever, ze heeft onlangs illegalen gefilmd die in hongerstaking zijn.

Het was goed, vond je niet? zegt Nestane.

Ja, ze weet de goede vragen te stellen. Hoe zal dat gaan nu ze zwanger is?

Wat bedoel je? Haar baan staat niet op het spel, ze neemt zwangerschapsverlof, dat is alles, antwoordt Nestane.

Maar daarna? Ze zal toch voor de baby moeten zorgen?

Ja, en daarnaast zal ze werken, zoals zoveel vrouwen tegenwoordig doen.

Nou, des te beter, maar ik begrijp het niet goed. Een kind is altijd beter af bij zijn familie.

Het zal ook bij zijn familie zijn, zegt Nestane. Al met al zijn we vanavond met zijn veertigen.

Eenenveertig dan, ik heb een oude vriend die waarschijnlijk komt, weet je, Tamaz.

Tamaz! reageert Nestane, heb je...?

Ze onderbreekt haar, ze oppert dat veertig misschien te veel is voor haar kleine appartement.

Sinds wanneer maak jij je zorgen over het aantal gasten? merkt Nestane op.

Het is waar dat ze altijd met velen zijn, hun feesten worden daarom gewaardeerd. Ze zijn met velen en vrolijk, een familietraditie. Bijna een verplichting.

Eka heeft me gebeld, ze komt misschien niet. Weet je zeker dat Daredjane komt? vraagt ze.

Ja, maak je niet ongerust, iemand gaat langs om haar op te halen.

Tamaz had een ander moment kunnen uitzoeken voor zijn bezoek. Een dag dat ze alleen was. Hij is gesprekken onder vier ogen vaak uit de weg gegaan.

Hè get, zegt Nestane, ik ben bang dat het niet pikant genoeg is, ik laat de lobio altijd mislukken.

Maar de *chatsjapoeri* lukt jou altijd het best.

MENSEN LOPEN DE keuken van het appartement in Tbili-si in en uit. Het raam staat wijd open. Van de straat dringt gelach door en vervolgens het getrappel van paardenhoe-ven op het plaveisel. Ik sta op, ga op mijn tenen staan om het rijtuig te zien langskomen. Het is mijn lievelingsrijtuig, het meest elegante.

Alle paarden zijn gracieus, zegt Thea, het gaat niet om het rijtuig.

Ik verlaat mijn uitkijkpost en loop terug naar de tafel, ik teken. Ik schets de bewegingen van de paarden. Ik sta weer op, keer terug naar het raam, ik zie het achterste van de paarden aan het eind van de straat verdwijnen. Thea kneedt het deeg voor de chatsjapoeri.

Nou, vertel je het me nog? Waarvan heb je gedroomd? zegt Thea.

Nee, ik hoef je niet alles te vertellen.

Dat is niet eerlijk, ik vertel jou wel alles, zegt mijn zus.

Dat moet jij weten. Ik wil dat niet.

Ik lieg een beetje, ik vertel haar veel. Ik wil niet dat ze het weet. Dat is al één ding dat ik voor haar verberg. Ze buigt haar hoofd, verdwijnt in de beslagkom, houdt haar tranen in. Bebia komt binnen en vraagt ons voort te maken. Deda

51

volgt in haar kielzog, ze streelt werktuigelijk onze haren maar haar ogen zijn strak op een punt achter ons gericht. Mijn moeder is ongerust. We hebben het haar horen zeggen tegen Bebia. Het kan elk ogenblik gebeuren, zeggen ze. Thea komt dichter bij me staan, haar schouder stoot tegen die van mij, ik duw haar niet weg. Deda legt ons kort een paar dingen uit: de Russen hebben Georgië in handen maar er zijn opstanden geweest, Transkaukasië, een verbond van landen van de Kaukasus. Onze vader en zijn partij vormen een regering die de onafhankelijkheid van het land gaan uitroepen. Daarom zal hij er een paar dagen niet zijn.

De nachten lijken lang zonder mijn vader. Thea valt eerder dan ik in slaap, ik praat in mijn eentje in het donker, tot ik me realiseer dat ze is ingeslapen. Uiteindelijk zink ook ik weg in een diepe slaap terwijl ik naar haar ademhaling luister. 's Ochtends staat ze als eerste op en is druk in de weer in het vertrek. Als ik mijn ogen open is ze al in de keuken. Haar stem mengt zich met de stemmen van Bebia en Deda. Mijn grootvader is er ook maar die houdt zich stil, hij heeft er een hekel aan 's ochtends te praten, kort na het ontwaken. We eten een chatsjapoeri met een ei erop voor we naar school gaan. Mijn grootmoeder brengt ons. We stoppen voor het huis van mijn neven en nichten, we wachten op hen. Irakli is te laat. Daredjane en Eka zijn druk, Gougou heeft het koud, Bebia wikkelt hem in haar sjaal, hij wil niet, trekt hem van zich af. Eindelijk komt Irakli, hij legt schertsend de sjaal weer over de schouders van Gougou, die het niet koud meer heeft, hij gaat er brullend vandoor. Mijn grootmoeder rent achter hem aan, ze kan niet meer rennen, een van ons heeft medelijden en haalt Gougou uiteindelijk in. We komen op school aan, de jongens gaan de ene kant uit, de meisjes de andere. Ik kan het niet laten, ik kus Gougou. Ze lachen ons uit, we dragen identieke jurken die Bebia heeft gemaakt, bijpassende hoedjes. Ik zit in dezelfde klas als Daredjane. Ik heb geen vriendinnen. Ik blijf in haar buurt of ik sluit me tijdens het speelkwartier aan bij Thea en Eka.

Ik ga zelden alleen naar onze verstopplaats, maar op een dag staat de vrouw van de begane grond voor het huis en huilt. Om haar te ontlopen verberg ik me.

Wat is er aan de hand, Ida? vraagt een vriendin haar.

Hij is al drie dagen niet gekomen, hij heeft niets laten horen, hij komt niet meer, antwoordt de buurvrouw.

Zijn vrouw heeft alles ontdekt! roept haar vriendin uit.

Welnee, er is iets veel ergers, zegt de buurvrouw. Ik voel het, ze hebben hem aangehouden, anders zou hij iets hebben laten horen. Hij zal worden gedeporteerd, dat zal ik niet kunnen verdragen. Ik wil niet leven zonder hem.

Haar woorden doen me verstijven, ik durf me niet meer te verroeren. Ik weet dat ze me de verstopplaats in heeft zien gaan.

Er is iets ergs, herhaalt ze.

Ik heb het gevoel alsof ze zich alleen tot mij richt.

We moeten oppassen, ze achtervolgen ons.

Ik voel vloeistof langs mijn benen lopen, ik strijk met mijn hand over mijn dij en onderdruk een kreet als ik zie dat die vol bloed zit. Ik begin te trillen. De buurvrouw en haar vriendin praten niet meer, maar van de straat dringen andere stemmen tot me door. Ik kan niet weg zonder te worden gezien. Ik zit gevangen. Ze zullen me dood vinden in een plas van bloed. De stem van Daredjane klinkt.

Dag Ida, heb je Tamouna gezien?

Ik hou mijn adem in.

Ja, antwoordt zij, ze is geloof ik met je grootmoeder naar de markt vertrokken.

Ik kan weer ademhalen. Even later komt de buurvrouw naar me toe en zegt: Wat voer je daar uit, kom je nog tevoorschijn?

Ik fluister: Dat kan niet.

Wat houdt je tegen? vraagt ze.

Ik geef geen antwoord.

Heb ik je bang gemaakt met mijn verhalen? dringt ze aan.

Nee nee, dat is het niet, het is omdat ik niet naar buiten kan komen, ik bloed.

Mijn hemel, je bent gewond.

Nee, het is iets anders, wat meisjes hebben.

O, dat! Wacht, ik kom zo terug.

Ze verdwijnt en verschijnt vervolgens weer, ze wringt zich in bochten om naar me toe te kruipen, reikt me een kruik met water aan, schoon ondergoed en een maandverband.

Is het de eerste keer? Wil je dat ik je help? vraagt ze.

Nee hoor.

Ze is zo kies niet aan te dringen en laat me het zelf uitzoeken. Als ik eindelijk uit mijn schuilplaats kom, durf ik haar niet aan te kijken. Ik fluister een bedankje.

Wie ben jij ook alweer? vraagt ze me.

Thamar. Of liever Tamouna.

Nou, Tamouna, bravo, zegt ze tegen me, van nu af aan ben je een vrouw.

Ik vind haar opeens stom.

Ik wil geen vrouw zijn.

Ze glimlacht, haar ogen staan vol tranen.

Het spijt me van uw vriend, zeg ik.

Ze knijpt me in mijn wang, ik deins terug, wat haar lijkt te kwetsen. Het is te laat om me te bedenken, ze loopt weg en gaat de trap weer op, de kruik onder haar arm. Ik roep: Nog bedankt, tot ziens.

Ik betwijfel of onze buurvrouw deze scène aan een familielid heeft verteld en toch lijkt het nieuws zich te hebben verspreid voor ik er zelfs maar iets over heb kunnen zeggen.

Dus het is zover, je bent het geworden, zegt Thea tegen me.

Kom, zegt Bebia, ik moet met je praten.

Ik weiger haar te volgen, ik wil er niet over praten.

Dat is te gek, zegt Deda, we moeten je bepaalde dingen uitleggen, daar zijn we voor.

Ik blijf me koppig verzetten. Het ergste komt als we met de zes neven en nichten onder elkaar zijn. Eka staart me glimlachend aan. Daredjane mijdt mijn blik, Irakli roept uit: Wie had gedacht dat jij de eerste zou zijn, hè Daredjane? Jij bent toch de oudste.

De eerste om wat te doen? vraagt Gougou. Vertel.

Dit is geen gesprek voor jongens, zegt Daredjane.

Dat is waar, doet Eka er nog een schepje bovenop.

Irakli geeft vervolgens snel een les over de vrouwelijkheid aan Gougou. Ik wil er niets meer over horen, ik zet het op een rennen.

WAT GA JE aandoen vanavond? vraagt Nestane.

Ze beschrijft de jurk. Nestane gaat hem uit de kast halen en legt hem op haar bed.

Ze doet het zuurstofmasker weer af en ze installeren zich in de badkamer, Nestane wast haar haren, droogt ze, brengt ze in model. Er wordt aan de deur gebeld. Mohamed gaat opendoen. De stem van Rézico klinkt door het appartement. Ze slaakt een kreet van verrassing.

Rézico verschijnt op de drempel.

Wat zijn jullie mooi.

Hij kust hen en reikt haar een enorm boeket rozen aan. Gefeliciteerd.

Ze zijn prachtig. Je bent toch gekomen!

Is dat alles wat je te zeggen hebt? zegt Rézico. Ik dacht je nog wel zo te verrassen.

Ze weet niet wat ze terug moet zeggen. Ze is oprecht blij.

Wat doet het zuurstofapparaat in de woonkamer? vraagt hij.

Nestane maakt een gebaar naar haar broer.

Ik zie je wel, zegt zij, niet achter mijn rug konkelen.

Ze gaan weer terug naar de woonkamer.

Zullen we lunchen? vraagt Rézico. Ik zal iets voor ons halen.

Goed, zegt Nestane. Heb je honger, mama?

Ze zou niets door haar keel kunnen krijgen, maar stemt in. Nestane verplaatst een stapel boeken en de speelkaarten om het boeket bloemen voor haar neer te zetten. De roos van Mohamed lijkt opeens minuscuul. Nestane steekt hem in het midden van het boeket in de vaas. Ze komt in protest overeind, maar haar blik kruist die van een kalme Mohamed wie niets is ontgaan en ze laat het maar zitten. De vaas onttrekt een hoek van het balkon aan het zicht, ze schuift hem iets verder weg en legt de dingen weer op hun plaats.

Mama, je bent onuitstaanbaar, zegt Nestane, je kunt toch wel verdragen dat er iets in dit huis wordt verplaatst, we moeten straks sowieso de tafel dekken.

Voor ze de tafel dekt legt ze de dingen altijd weg op een vaste plek op het buffet. Daar begint ze maar liever niet over.

En bovendien staat de vaas te veel aan de rand, zegt Nestane terwijl ze haar hand uitstrekt, hij zal...

De vaas valt kletterend op het parket en breekt. De rozen tussen de glasscherven op de grond lijken opeens verwelkt.

Je wordt bedankt, zegt Rézico tegen zijn zus.

Het is mama's schuld, protesteert Nestane, zij heeft de vaas verplaatst.

Ja ja, moppert Rézico.

Ze staat plotseling op.

Hou jullie mond toch, jullie zijn geen tien meer.

Ze krijgt een hoestaanval, valt terug in haar stoel en kan niet meer ophouden. Mohamed snelt toe, slaat op haar rug. De hoest wordt minder. De stilte keert terug. Rézico en Nestane staan als versteend. Dan, in een flits, komen ze in beweging. Rézico bukt om de stukjes glas op te rapen, Nestane redt de rozen en pakt de dweil. Rézico trekt zijn jasje weer aan en verlaat het appartement om eten voor de lunch te gaan kopen. Mohamed dekt de tafel voor drie.

Wil je niet bij ons aanschuiven? Ter gelegenheid van mijn verjaardag?

Nee, dank u wel, mevrouw Tamouna, antwoordt Mohamed haar.

Hij gaat nooit in op haar uitnodigingen.

Je kunt gaan als je wilt, zegt Nestane, we zullen ons verder wel redden.

Ja, rust een beetje uit. Bedankt, Mohamed.

Hij buigt voorover om haar hand te kussen.

Bedankt, zegt ze nog eens, bedankt voor alles.

Nestane brengt hem naar de deur. Ze slaat Rézico's krant open in afwachting van zijn terugkomst. Ze is blij met deze geïmproviseerde lunch met haar kinderen, dat zou ze hun moeten zeggen. Ze weet al dat daar niets van zal komen.

Hoe staat het tussen jou en Hélène? vraagt Nestane aan haar broer als ze alle drie aan tafel zitten.

Het gaat beter, antwoordt Rézico, alles is duidelijker nu we elk een eigen huis hebben, ik geloof dat de kinderen zich ook beter voelen. Het is moeilijker voor Tariel, die van de een naar de ander gaat. Trouwens, mama, hij is met me meegekomen naar Parijs, hij zal er vanavond zijn.

Dat is goed nieuws.

Ik geloof dat het voor Tsiala ook moeilijk is, al is ze het huis uit, zegt Nestane.

Ze voelt Rézico verstarren op zijn stoel.

Ik heb iemand ontmoet, zegt hij. En meteen, tot zijn zus: Ik vraag niet je goedkeuring, ik wil alleen dat je het weet.

Ik veroordeel je niet, zegt Nestane.

Nee, niemand veroordeelt je, zegt zij, vertel ons over die vrouw.

Ze is net als ik advocaat. En Armeense.

Dat is goed, zegt ze.

Waarom zeg je dat? vraagt Nestane.

Ik weet niet, het is beter, jij bent met een Georgiër getrouwd, maakt dat het niet een beetje gemakkelijker?

Ze kijken haar streng aan, vinden opeens een gevoel van saamhorigheid terug.

Zij is Armeens, mama, herhaalt Rézico.

En jij en papa waren Georgiërs, voegt Nestane eraan toe.

Jullie hebben gelijk, het slaat nergens op. Vergeet wat ik heb gezegd.

Vertel verder, zegt Nestane tegen Rézico.

De stemming is omgeslagen. Ze lijken opeens vrolijk. Ze smullen van de taartjes die Rézico heeft meegebracht.

Ik was van plan haar vanavond mee te nemen, Tsiala en Tariel hebben haar al ontmoet, zij vinden het goed.

Er valt een stilte. Ze wacht de reactie van Nestane af.

Prima, zegt haar dochter, met je vriendin en je zoon erbij zijn we dus met zijn drieënveertigen.

HET SCHIP LEGT aan in een zuidelijke stad. Ik ben bang te verdwalen. Het stof, het lawaai en de mensenmassa verwonderen me. We huren een kamer van oude vrienden van mijn vader. De kamer ruikt naar schimmel en vocht, de geur doet me denken aan onze verstopplaats onder de trap. Deda, Thea en ik slapen in het grote bed, de matras ervan is ingezakt. 's Nachts rol ik tegen Deda aan, ik ben bang dat Thea door mij uit bed valt. Mijn vader slaapt in de fauteuil aan het voeteneinde van het bed, met zijn benen op onze koffers. Soms, als wij zijn opgestaan, gaat hij in het bed liggen en slaapt weer in. We gaan veel om met de kinderen van de andere regeringsleden in ballingschap, die we eerder nooit hadden ontmoet. Thea legt gemakkelijk contact met haar leeftijdgenoten. Ik zonder me af, ik heb moeite met die verplichte toenadering. Ik denk aan Tamaz, ik heb hem niets kunnen laten weten, ik smeed allerlei plannen om hem terug te zien. Zullen we de komende zomer terug zijn? Het onderwerp lijkt taboe. Of niemand weet het.

Een jongen is in mij geïnteresseerd, hij ziet er goed uit, heeft dik krullend haar, hij heet Stanko. Ik ga hem uit de weg, dat zal hem wel niet vaak overkomen. Uiteindelijk richt hij zich op een ander en begint me te haten. Hij laat dat duidelijk blijken met kleine valse streken. Ik heb geen plaats in de schaduw, ik heb niets meer te drinken, ik word buitengesloten bij alle uitstapjes. Het kan me niet schelen, de aanwezigheid van Tamaz in mijn gedachten beschermt me tegen alles. Ik heb Bebia ermee belast zijn adres te achterhalen, ik heb haar duidelijk gemaakt hoe belangrijk het is, ik weet dat ze het zal doen. Zonlicht valt op de straat voor ons slaapkamerraam, ik heb spijt dat ik mijn hoed met linten niet heb meegenomen. We gaan laat slapen. De warmte verdwijnt plotseling, de nachten zijn koel. Ik kan niet slapen. Ik sta op en ga naar buiten, hoewel Deda ons dat heeft verboden. De trap is wiebelig, ik ben bang dat hij het onder mijn voeten begeeft. Mijn vader zit op de onderste tree.

Wat doe je, genatsvale? Het is gevaarlijk om 's nachts naar buiten te gaan.

Hij maakt naast zich plaats voor me. Ik ril, de hemel is zwart, zonder sterren. Hij trekt zijn jasje uit en legt het over mijn schouders.

We zullen hier niet lang blijven, zegt hij, we gaan naar Parijs, waar jij van droomde.

Waarom naar Parijs? Gaan we niet terug naar huis?

Later. We zullen zeker een tijdje in Frankrijk moeten blijven, tot het weer kalmer is geworden, laten we er dus maar zolang van profiteren.

En jij? Ben je blij naar Parijs te gaan?

Hij zegt niets, ik weet niet wat hij voelt, ik neem het mezelf kwalijk dat ik niet eerder heb geprobeerd het te begrijpen. Ik zou de verloren tijd willen inhalen. Hij haalt zijn hand door mijn haar net als toen we elkaar ontmoetten tijdens onze slapeloze nachten in Tbilisi. Dat ritueel doet me goed. Ik zal morgen met hem praten, ik zal de woorden vinden. Hij zegt: Maak je geen zorgen, niets is verloren, we zijn vertrokken om door te kunnen vechten voor ons land. Voor de vrijheid. We zullen doorgaan en sterker terugkeren.

Gedurende de dagen of maanden die volgen geeft een man ons Franse les. We hebben niets van Bebia en Babou gehoord, en evenmin van mijn oom, mijn tante en mijn neven en nichten. Ik krijg het adres van Tamaz niet.

We nemen een andere trein. Hij zit bomvol, de reis is lang. Thea braakt over Deda heen. Ik sta haastig op.

Tamouna, hier blijven.

Ik loop weg, ze stinken allebei. Mijn vader voegt zich een paar minuten later bij me. Hij pakt mijn arm en zegt: Bereid je maar voor, prinsesje van me, je zult nog wel meer moeten doorstaan.

De waarschuwing is in tegenspraak met de geruststellende hand om mijn pols. Ik vraag: Waarom zijn de anderen in Georgië gebleven? Waarom zijn wij de enigen die moeten vertrekken? Het komt door jou. Waar heb je je ook mee bemoeid?

Ik denk aan Bebia en Babou. Ik stel me de ongerustheid van mijn grootouders voor.

Je hebt gelijk, zegt mijn vader. Ik doe aan politiek, ik heb jullie daarin meegesleept, maar ik ga je geen excuus vragen. Als het moest zou ik het opnieuw doen.

Makkelijk, jou kan het niet schelen, jij hebt geen familie meer en maakt met iedereen ruzie.

Mijn familie, zegt hij, dat zijn jullie en ik wil dat jullie gelukkig zijn.

Ik haat je. Ik fluister het, ik weet niet of hij het heeft gehoord. Hij zegt niets. Hij legt zijn hand op mijn nek, klemt die licht vast en dwingt me kalm naar mijn moeder en zus terug te gaan. Ze hebben zich schoongemaakt maar de stank is er nog steeds. We vinden zitplaatsen en ik moet me dicht tegen Thea aandrukken. Ik zet mijn hoed af en bedek er mijn neus mee.

Waarom kleden jullie je niet om? Dit is voor iedereen onaangenaam.

Dat kunnen we niet, schat, zegt Deda, je ziet toch wel dat we hier geen mogelijkheid hebben om ons om te kleden, en al helemaal niet om de bagage te openen.

Hou op, Tamouna, het is al moeilijk genoeg voor je moeder, zegt mijn vader.

Ik realiseer me dat Deda niet onfeilbaar is. Dat zou me plezier moeten doen. Haar perfectie is iets wat ik haar vaak heb verweten. Maar ik zou alleen maar willen dat alles normaal was. Thea dommelt tegen Deda, ze opent haar ogen, ze kijkt me aan en ik zend haar mijn blik terug, die ik minachtend en hard probeer te laten zijn. Ze haalt haar schouders op en begraaft haar gezicht in de goor ruikende stof van Deda's jas. Ik kokhals. Ik kijk strak naar een punt op mijn vaders baard. Een kruimel.

Parijs is niet de stad die ik me had voorgesteld. Ik zoek tevergeefs naar de schoonheid zoals beschreven in de boeken van Bebia. Een vriend van papa wacht ons op. Ik herken hem. Het is Ramaz. Hij is de broer van een van de regeringsleden. Hij rijdt in een taxi. Een mensenmassa verdringt zich op de trottoirs, de gebouwen zijn groot, mooi zou ik ze niet noemen.

Het voordeel van taxichauffeur worden, zegt hij lachend, is dat ik Parijs nu ken als mijn broekzak. Kijk hoe prachtig het is.

Ik fluister mijn vader toe: Was hij niet professor aan de universiteit?

Mijn vader doet alsof hij het niet heeft gehoord. Door de ramen zie ik alleen maar stofwolken, langstrekkende stenen gebouwen, een grijze hemel.

Goeie God, roept Deda uit, dat is de Notre-Dame de Paris!

Ik heb Victor Hugo gelezen. Ik buig me naar het raam. Het water van de Seine is zwart en glanzend. Ik zie twee spookachtige torens. Ik weet niet wat ik voel. Thea slaakt een kreet voor twee. Ramaz stopt zijn taxi, we stappen uit en kijken op naar de hemel en naar de kathedraal. We stappen weer in de auto, niemand praat meer. Ik vind de reis lang duren, de weg is opeens heel recht.

Waar gaan we heen? Zijn we nog in Parijs?

Nee, we hebben Parijs verlaten, antwoordt Ramaz, we gaan naar Leuville-sur-Orge, jullie zullen zien, het is een heel mooi dorp, jullie krijgen een appartement in het kasteel.

Ik slaak een kreet die ik meteen onderdruk.

Maar papa, klaagt Thea. Je had gezegd dat we in Parijs zouden wonen.

Toen wist ik nog niet, antwoordt onze vader, dat de regering een kasteeltje zou kopen om ons allemaal in te huisvesten.

Het is niet eerlijk, je had Parijs gezegd, snikt Thea.

Wie 'allemaal'?

Ophouden meisjes, papa heeft gedaan wat hij kon, zegt Deda.

Thea huilt nog harder.

Ik geef niet op: Wie 'allemaal'?

De andere regeringsleden en hun gezinnen, zegt mijn vader. En nu houden jullie je mond.

Thea snuit luidruchtig haar neus.

Wat? We kunnen niet meer bij Bebia en Babou wonen, we hebben onze neven en nichten achtergelaten en nu moeten we bij die mensen gaan wonen, ik hou niet van ze, ik zou willen...

Tamouna, ophouden nu, schreeuwt mijn vader.

Zijn stem is luid en doordringend. We zwijgen. Het wordt donker.

We wonen in het kasteel van Leuville. Het is niet een echt kasteel, maar een groot in appartementen opgedeeld huis met een park eromheen. We gaan samen met de andere kinderen van de regering naar het lyceum in de naburige stad. We proberen Frans te leren, we ondersteunen elkaar. Onze ouders kunnen niets doen. Ze hebben allerlei verschillende baantjes waarvoor het beheersen van de taal niet noodzakelijk is.

We raken aan Leuville gewend, de tuin is groot en biedt ons troost, we zien daar de anderen terug, er ontstaan vriendschappen. Meer dan op het lyceum, waar we buitenstaanders blijven. Ik durf niet met de Franse leerlingen te praten en zij interesseren zich niet voor ons. Stanko, de jongen aan wie ik een hekel had, laat geen gelegenheid voorbijgaan om met me te komen praten. Ik vergeet om welke redenen ik een hekel aan hem had gekregen. Ik vind het prettig een jongen als vriend te hebben. 's Zondags zetten we grote tafels neer in de hal van het kasteel, of buiten als het weer het toelaat. Onze *keipis* brengen veel mensen samen, oude en jonge, de Georgiërs uit Leuville en die uit Parijs die onlangs zijn geëmigreerd. De toosten die worden uitgebracht gaan vooral over de hoop op een bevrijding van Georgië. Ook al staan onze *tamadas* politiek niet per se aan dezelfde kant, kennelijk delen ze ver van huis die hoop. We luisteren naar hen, staan op, zingen. Ik klink met Stanko, ik mag een beetje wijn drinken, de drank stijgt me naar het hoofd. 's Middags verspreiden we ons over het park, we spelen met de kleinsten, blij weer kinderen te worden. Het zijn korte momenten van respijt waarop we bij het moment leven.

Ik krijg gedaan dat we Parijs bezoeken. Ramaz brengt ons er op een namiddag heen in zijn taxi. Deze keer lijkt de stad op de ansichtkaarten, we rijden met open ramen en roepen: 'Leve Parijs!'

Onze vader laat ons begaan. Hij en Ramaz zetten het op een zingen. Terwijl ik naar hen luister, heb ik het gevoel alsof er niets is gebeurd. De triestheid komt vaak midden in de nacht terug. Ik zou mijn neven en nichten willen zien, bij Bebia willen slapen, mijn grootvader horen snurken. Ik loop naar buiten, het park in, alles is rustig, de geur van het gras mengt zich met die van de buxusstruiken die langs de paden staan. Ik bereik het einde van het onverharde pad en ga zitten op de brug over het ezelweitje. We noemen het zo omdat een grijs ezeltje daar een gerieflijk leventje leidt. Ik licht mijn nachthemd op en laat mijn benen in de leegte hangen. Ik zwaai ze heen en weer op de maat van een aftelrijmpje dat ik neurie. Plotseling verschijnt mijn vader. Ik had hem niet zien aankomen. We blijven een tijdje stil.

Het is hier mooi, zegt hij.

Hoe lang blijven we nog?

Ik wou dat ik een antwoord had, zegt mijn vader, maar de situatie is moeilijk, je moet geduldig zijn.

Niets zal meer worden als vroeger.

Waarschijnlijk niet.

Hij pakt mijn hand, sluit die in de zijne, groot en breed. Hij brengt hem naar zijn lippen.

Leg het mij nog eens uit.

Schei uit met voor alles een verklaring te willen, zegt hij. Je weet best dat je moeder jullie erbuiten zou willen houden.

Ik blijf aandringen.

De bolsjewieken zijn Georgië binnengevallen, ze willen één enkele partij voor alle Kaukasische republieken, het is niet zeker dat ze zich iets gelegen laten liggen aan het lot van Georgië. Als we hen laten begaan, zal het lot van het land verbonden zijn met dat van Rusland. De sociaaldemocraten hebben daarginds nog aanhangers. Er moet actie worden ondernomen voor het te laat is.

Hij zwijgt, ik kijk hem vragend aan, hij kijkt lang naar me, vervolgens tekent zich een soort van glimlach af op zijn gezicht, die in een grimas verandert.

Ik ga terug, zegt hij, er was iemand nodig, ik ben aangewezen, ik ga vechten.

Wanneer? Weet Deda het?

Over een paar dagen. Ja, Deda weet het, ze is het er niet mee eens maar ik moet het doen, begrijp je dat?

Ik ben trots dat hij mij in vertrouwen heeft genomen. Ik knik.

En daarna?

Daarna, als alles goed verloopt, zegt hij, komen jullie terug naar huis. Zo niet, dan voeg ik me weer bij jullie en vatten we van hieruit de strijd weer op. We zullen de moed niet opgeven.

Zweer je dat?

Ik beloof het je.

We lopen terug om te gaan slapen. Er brandt licht. Deda slaapt niet, ze wacht op ons.

Ik hou meteen van de jardin du Luxembourg. De gazons, de met bloemen omzoomde paden, de beelden, de grote gebogen bomen, het paleis van de Senaat, alles is mooi. De familie van Stanko neemt ons er op een zonovergoten middag mee naartoe. We lopen snel, te snel naar mijn smaak, ik zou de tijd willen nemen om elk detail aandachtig te bekijken.

Loop een beetje door, zegt Thea tegen me, we komen een andere keer wel terug.

Zij en haar vriendinnen rennen vooruit. Ik haal ze in. Onze ouders lopen achteraan. Ik hou mijn pas in als ik luide stemmen hoor. Mijn vader en de vader van Stanko maken ruzie.

Het land is door de Russen geannexeerd, roept de vader van Stanko. Je bent gek geworden.

Mijn vader heft een hand op en loopt een andere kant uit. Ik zie zijn eenzame gestalte achter een bosje verdwijnen. Ik ren achter hem aan.

Tamouna, kom terug, roept Deda.

Ik haal mijn vader in. Hij is in de schaduw van een boom op een stoel gaan zitten. Ik sta voor hem.

Ze zeggen je dat het gevaarlijk is, is dat het? Het moet wel gevaarlijk zijn, waarom zouden we anders vertrokken zijn?

Ik schreeuw bijna, ik heb geen controle meer over mijn stem die schel begint te worden. Hij antwoordt niet, hij gebaart me te gaan zitten, ik voel dat hij ook zijn best doet zijn kalmte te herwinnen. Ik loop een eindje, trek een cirkel op de grond met mijn voeten. Hij staat plotseling op en zegt: Hou daarmee op, laten we teruggaan.

Een paar weken later haalt hij een van de koffers uit een beschimmelde kast. De muffe geur vult de kamer. Deda helpt hem, ze geeft hem zijn kleren, boeken. Thea komt binnen. Ze haalt een sleuteltje uit haar zak en reikt het onze vader aan.

Wat is dat? vraagt hij haar.

Dat is de sleutel van mijn kastje, waarin mijn poppen en hun kleertjes zitten. Je hebt me gezegd er maar één mee te nemen. Ik heb naar je geluisterd, maar nu wil ik de andere terughalen.

Ik roep uit: Thea, je bent te oud om nog met poppen te spelen.

Ze luistert niet naar me, duwt me opzij om zich dicht tegen onze vader aan te drukken. Hij en Deda wisselen een betekenisvolle blik. Hij knielt voor Thea, hij sluit zijn hand om het sleuteltje, ik wend me af om de scène niet te zien.

Genatsvale, zegt hij, ik heb liever dat je deze sleutel als een kostbaar bezit bewaart, ik zal proberen je kast voor je mee terug te nemen, die is klein en licht, je zult hem zelf open kunnen doen.

Thea schudt haar hoofd, grote tranen lopen over haar wangen, ze zegt schokkend: Ik wil Bebia, ik wil Bebia. Deda neemt haar in haar armen, ze verzet zich en werpt zich in die van onze vader. Hij streelt haar hoofd en duwt haar vervolgens zachtjes terug en draagt haar weer over aan de armen van mijn moeder. Deze keer biedt ze geen weerstand. Hij komt naar mij toe. Ik deins terug en fluister bij mezelf: Blijf bij ons. Ik weet niet of hij het hoort. Hij slaat zijn armen om me heen, ik maak me los uit zijn omhelzing. Ik draai me om op de drempel en zeg tegen hem: Ik haat je. Echt. Ik haat je.

Hij vertrekt geen spier. Ik ga buiten voor het raam zitten, allerlei mensen lopen met hem mee, wensen hem geluk, geven hem papieren, aanbevelingen. Hij doet geen poging weer naar me toe te komen. Zonder nog een blik op mij te werpen stapt hij in de auto.

We wachten op nieuws. De dagen die verstrijken stapelen zich als stenen in mij op. Ik leef met dit gewicht vanbinnen. Soms verplaatst het zich naar mijn borst en verstikt het me.

Dat we niets horen is normaal, zeggen ze, de verbindingen zijn verbroken. Het hoeft geen slecht teken te zijn.

Ik hoor spreken over opstand, over bloedige onderdrukking. Ik wend me tot Noe Zjordania, de vroegere president.

Wat betekent dat? Hebben we gewonnen of is het afgelopen? Wat is er met hem gebeurd? U moet het toch weten.

Hij weet niets.

Het wordt stil rond mijn vader. Zelfs Deda zwijgt. Ik volg

nauwlettend de gesprekken. De bolsjewieken hebben Georgië bezet, ze hebben Batoumi ingenomen, dat was de laatste nog te veroveren stad.

Het is een dag van rouw, wordt er gezegd.

Ze hebben hem de dood in gestuurd.

Het gaat over mijn vader, ik weet het zeker. Ik voel een stekende pijn, die ik onderdruk. Ik wacht op een teken van Deda. Zij is de enige naar wie ik bereid ben te luisteren. Maar zij zegt niets, ze maakt zich nog altijd met zorg op, haar schoonheid verbleekt niet. Alleen haar ogen zijn somberder. We zullen lang moeten wachten voor we het weten.

Op een middag als we thuiskomen van school treffen we een stralende Deda aan, ze zegt: Er wacht jullie een verrassing in de keuken.

We stormen de keuken in, overtuigd onze vader te zien.

Gougou werpt zich in mijn armen. De schok is zo hevig dat het even duurt voor het tot me doordringt. Ze zijn er: Irakli, Gougou, Daredjane en Eka met mijn oom en tante. We houden niet op elkaar te omhelzen, we slaken kreten. We kijken naar elkaar, we zijn groter geworden, veranderd, vooral Gougou.

Jullie zijn nu jongedames, jongemannen, zegt mijn oom.

Gougou, je bent zo groot, ik word er bang van, zegt Thea terwijl ze hem bijna platdrukt.

We gaan naar de tuin en beginnen te rennen. We maken een ronde door het park, we laten de fruitbomen zien, het paadje, de ezel en het pompoenenveld.

Met Bebia en Babou gaat het goed, maar ze hebben geweigerd het land te verlaten, ze vinden zichzelf daar te oud voor. Ze zullen op ons wachten. Niemand heeft iets van mijn vader gehoord. Ik kijk naar Deda, ze vermant zich en glimlacht naar me.

Dat is normaal, zegt ze, hij is op een geheime missie, hij moest geen contact opnemen met familieleden, dat zou hen in gevaar hebben gebracht.

Ze doet haar best rustig te lijken maar ze ziet eruit als een zenuwachtige scholiere die haar verhaal uit het hoofd heeft geleerd. Voor de zoveelste keer onderdruk ik de stekende pijn in mijn maag.

Wij gaan in Parijs wonen, meldt Gougou.

Verontwaardigd stuif ik op.

Wát? Blijven jullie niet in Leuville?

Parijs is niet zo ver weg, zegt mijn oom. En bovendien gaan we alles doen om jullie bij ons te krijgen.

Papa wil dat niet, zegt Thea. Hij heeft liever dat we in Leuville wonen.

We gaan een zuivelwinkel openen, zegt Irakli.

We gaan ook naar school, zegt Eka, maar we kunnen helpen met de klanten. Het zal een familiebedrijf zijn.

Gougou pakt mijn hand en klemt hem vast om me in hun enthousiasme te laten delen.

Een zuivelwinkel?

Waar zuivelproducten worden gemaakt, Kaukasische yoghurt, dat zou moeten lopen, zegt Irakli.

Ik wend me tot Daredjane. In andere omstandigheden zou haar gezicht op mijn lachspieren hebben gewerkt. Ze lijkt niet verrukt over het verhaal van de zuivelwinkel. Ze draagt een plooi-jurk, er zitten kunstige vouwen in de stof, ze strijkt met beide handen de vouwen glad. Naast haar zien wij eruit als woestelingen, mijn schoenen zitten onder de modder, die van haar zijn smetteloos. Dat mysterie zal ik nooit begrijpen. We hebben toch net allebei over dezelfde doorweekte paadjes gerend. Er is nog geen woord over haar lippen gekomen. Ik probeer haar aan het praten te krijgen, haar zwijgen jaagt me angst aan.

Waar in Parijs gaan jullie wonen?

In het quartier des Poètes, er zijn grote scholen en de jardin du Luxembourg, antwoordt mijn tante. Ik heb meteen spijt van mijn vraag.

Tamouna en ik zijn dol op die buurt, roept Thea uit.

Ik zoek Deda's blik, zij ontwijkt die van mij. We gaan uiteen en omhelzen elkaar een beetje te stevig voor een scheiding die deze keer maar tijdelijk is. Ik kijk de oude auto na die hun als taxi dient. Ik zwaai, net als Deda en Thea. De auto is nauwelijks verdwenen of ik ga ervandoor en zoek een toevlucht in mijn bed. Ik doe net alsof ik verdiept ben in mijn lectuur. Ze respecteren mijn behoefte alleen te zijn. Ik weet zeker dat het Deda goed uitkomt.

Enkele dagen later gaan we naar Parijs om het kleine appartement te bezoeken dat mijn oom heeft gevonden. Het is mooi, heeft een laag plafond en ruikt niet naar vocht. Onze neven en nichten delen samen één kamer en dat vinden ze niet leuk. We bezoeken de toekomstige zuivelwinkel. Die is heel klein, ik zie niet wat ze van deze ruimte kunnen maken, maar iedereen lijkt dolenthousiast. We wandelen door de jardin du Luxembourg. Daredjane blijft achter. Ik neem haar bij de arm.

Verberg je iets voor me?

Nee, antwoordt ze, ik ben triest, dat is alles. Ik vond het afschuwelijk jullie te zien weggaan, ik vond het verdriet van Babou en Bebia afschuwelijk, en ik vond het afschuwelijk op mijn beurt ook te vertrekken. En weet je wat? Ik geloof dat ik álles van nu af aan afschuwelijk zal vinden.

Ik weet het.

Ik hou stevig haar arm vast om haar goed duidelijk te maken dat ik het begrijp. Ik kan niets anders bedenken om te zeggen.

De laatste tijd was het verschrikkelijk, zegt ze, het was oorlog, ik was zo bang, elke dag hoorde je dat iemand was gevlucht of omgekomen.

En Ida, de buurvrouw?

De buurvrouw is verdwenen. Verdwenen. Dat is toch niet te geloven, had je het voor mogelijk gehouden dat je zomaar opeens kan verdwijnen? Pfff, en niemand hoort meer iets van je.

Ze windt zich op, ze lacht. Haar lach heeft iets snerpends, dat ik niet van haar ken.

Ik dwing haar stil te staan, niet te bewegen. Ze houdt op met lachen. We kijken elkaar aan en elk van ons vindt in de ogen van de ander wat nodig is om door te gaan.

IN DIE TIJD begin ik Tamaz te schrijven. Brieven die nooit zullen worden gepost.

Tamaz

Ben je nog daarginds of heb jij Georgië ook verlaten? Ben je naar Amerika gegaan zoals je zo graag wilde? Ik ben in Parijs. Maar het leven hier lijkt niet op een droom. Het is moeilijk. Vol gevaren. Het lijkt ook niet op een nachtmerrie. Er zijn prettige momenten, mooie dingen: het park van Leuville bij het aanbreken van de dag, bij zonsondergang, de bloemen en groenten die we telen, de fruitbomen waarvan ik geen genoeg krijg ze te schilderen. Het park van Leuville is alles wat de Georgiërs in Frankrijk bezitten. Een hoekje voor henzelf dat geleidelijk aan doortrokken is geraakt van thuis. Ik teken en schilder veel. Ik ben geïnteresseerd in beweging, ik heb modellen die voor me willen bewegen, meestal loopt dat uit op de slappe lach. Dat is niet erg professioneel. Ik weet niet wat mijn schetsen waard zijn. Zelfs al zijn ze waarschijnlijk nogal middelmatig, ik heb zoveel plezier in tekenen dat ik er voor niets ter wereld mee zou willen ophouden. Parijs is een stad waarin de kunst overal is, ik ontdek nieuwe kunstenaars. Ik stel me vaak de wandelingen voor die we zouden kunnen maken. Je zou alles mooi vinden hier, de tuinen, de monumenten, de gebouwen.

Mijn vader is weer naar Georgië vertrokken om door te gaan met zijn revolutie. We weten nu allemaal dat die door de bolsjewieken is neergeslagen. Nieuwe emigranten zijn aangekomen, mijn vader is niet teruggekeerd, we weten niet wat er met hem is gebeurd. Hij is misschien gedeporteerd, dat is geloof ik het lot van tegenstanders. Of hij is dood. Je zult me wel cynisch vinden. Ik choqueer je waarschijnlijk. Maar ik kan het niet meer verdragen dat niemand die woorden uitspreekt.

Ze doen alsof. Alsof hij terug zal komen, alsof het om een zakenreis ging. Ik schrijf liever de waarheid. De waarheid is dat zijn verdwijning dramatisch is. Niet weten is een ziekte die aan je knaagt. De waarheid is dat ook ik laf ben, omdat ik niets zeg. Ik dwing Deda niet om te praten. Ik laat het begaan.

Ik wou dat ik je kon zeggen wat ik heb doorgemaakt sinds ons vertrek. Dat is onmogelijk. En jij, heb je geprobeerd me terug te vinden? Was je triest over mijn verdwijnen? Ik heb getracht iets van je familie te horen. Vergeefs. Deze brief is vergeefs, mijn gevoelens voor jou zijn vergeefs. En toch vlammen ze soms hevig in mij op. Ik denk aan jouw lippen op die van mij, aan je handen op mijn nek, aan de geur van je huid.

Tamouna

*

Tamaz

Ik heb nu een kameraad, Stanko. Hij is er sinds het begin van de ballingschap. We delen die zonder erover te praten, we lopen zij aan zij. Hij is vrijer dan ik. Omdat het een man is. In tegenstelling tot degenen rondom me is hij pessimistisch en ik hou van dat scherpzinnige pessimisme. Voor de anderen is onze terugkeer binnenkort te verwachten, het geluk ligt binnen handbereik, we moeten het cultiveren zoals we onze groenten cultiveren. We laten ze hun eigenaardige teelt, Stanko en ik. Alles waarin we geloven is dood, we moeten een nieuw geloof vinden. De onafhankelijkheid van Georgië is een oude utopie. Ik ben gevoelens van nationalistisch elan en wankele hoop beu. Sommigen storten tranen bij elke toost die wordt uitgebracht, anderen weeklagen om zich vervolgens ongeremd over te geven aan een gênante vrolijkheid. Ik doe mijn best degene te blijven die jij leuk vond. En ik bewaar je in mijn hart.

Tamouna

*

Lieve Tamaz

Mijn oom en tante maken plannen. Ze zoeken een appartement voor ons in Parijs. Bij hen in de buurt zijn we beter af, denken zij. Deda zou in de zuivelwinkel kunnen werken, hun yoghurthandel. Niemand zegt: Jullie vader komt niet terug en wij gaan voor jullie zorgen. Maar Thea en ik hebben het begrepen. We praten er niet over met elkaar. We hebben het alleen over ons gebrek aan animo bij het idee opnieuw te verhuizen. Eigenlijk hebben we geen zin meer om Leuville te verlaten. We hebben geleerd ervan te houden. Iets van onze vader leeft er nog voort. En daarbij, Parijs imponeert ons.

De woorden van Deda stokken in haar keel als ze ons vertelt over de kleine, in het vijftiende arrondissement gevonden woning. We zullen vlak bij andere emigranten wonen, vlak bij onze vrienden. Voor de zoveelste keer hoeven we alleen maar een streep te zetten door ons vroegere leven.

Het verdwijnen van onze vader is een dieper mysterie dan de dood.

*

Mijn lieve Tamaz

Ik zou werk willen vinden om een beetje geld in te brengen in het huishouden. Maar Deda eist dat ik naar school ga tot ik meerderjarig ben. Ze helpt in de zuivelzaak en doet huishoudelijk werk buiten de deur. Ze blijft mooi. Geleidelijk aan krijgt ze weer haar levendigheid terug, ik zou zelfs zeggen een soort vrolijkheid die ik van haar nooit heb gekend. Voor ons vechten is wat haar drijft. Ze wordt erg gewaardeerd in de buurt. Het irriteert me dat ze tegen iedereen glimlacht. Naast haar doe ik vaak alsof ik verdiept ben in een krant. De winkeliers zijn gewend aan mijn gemok, ze richten zich tot Thea, die haar rol van dochter volmaakt speelt.

Ons nieuwe appartement is net als dat in Leuville vochtig. De schimmellucht waarvan alle textiel, alle dingen doortrokken zijn deert ons intussen niet meer. Thea en ik delen de slaapkamer, Deda slaapt in de woonkamer. Alleen.

We voegen ons vaak bij onze neven en nichten in de jardin du Luxembourg. We wandelen in optocht rond tussen de bomen en de beelden die ik inmiddels kan dromen. We hebben een geheime boom, als het maar even kan treffen we elkaar daar. We hebben natuurlijk niet meer de leeftijd voor dat soort kinderlijke bijeenkomsten, maar we lijken er allemaal aan te hechten, zelfs Irakli en Daredjane. De boom is een treurwilg, hij omvat ons volledig met zijn naar de grond hangende takken en onttrekt ons aan het zicht van de voorbijgangers. We praten nooit over mijn vader. Ik

78

haat de stilte die hem omringt, ik haat de tijd die van hem een in
drijfzand wegzinkende gestalte maakt, ik haat mijn passiviteit.
Een paar foto's van hem liggen opgeborgen in een kast, ik doe
hem soms open. Zijn echte gezicht vervluchtigt geleidelijk aan,
alleen deze kunstmatige beelden blijven voortbestaan. Ik rouw
niet om hem. Mijn hart is van steen en mijn ogen zijn droog.
Soms hoor ik Deda of Thea snikken. Elke keer vlucht ik en ga door
de straten lopen. Wat is er nog over van mijn vader op deze bo-
dem waarop hij maar nauwelijks voet heeft gezet?

Stanko en ik houden ervan over de kades van de Seine te slente-
ren, we laten de zon op ons gezicht schijnen, we spelen met onze
spiegelbeelden in het water. We scharrelen oude uitgaven over
schilderkunst op. We bladeren ze alleen maar door, geld om ze te
kopen hebben we niet. Stanko doet geen poging me te kussen.
Soms zou ik willen dat hij het deed. Niet omdat ik er zin in heb,
maar omdat ik bij hem veilig zou zijn. We laten de tijd van kus-
sen voorbijgaan en worden vrienden. Ik groei op onder de hoede
van de Georgische gemeenschap, die zich heeft uitgebreid. We
worden geacht een grote familie te vormen aangezien hetzelfde
Georgische bloed door onze aderen stroomt. In weerwil van de te-
genstellingen, van de politieke opvattingen, van vroegere on-
enigheden, die nu geen zin meer hebben. Het gemis van de Georgi-
sche bodem zal ons blijven verbinden. We herdenken elk jaar de
zesentwintigste mei, we vieren onze vroegere onafhankelijkheid.
Als nakomelingen van een lid van de regering in ballingschap
zitten wij op de eerste rij. Hebben ze wroeging dat ze een onschul-
dige en idealistische huisvader aan hun zaak hebben opgeofferd?
Wat zou jij ervan denken? Ik voer denkbeeldige gesprekken met
jou, waarin je zegt: Waar het om gaat, is voortgaan. Zonder om
te kijken.

Hier doen we niets anders dan omkijken. Voortgaan, dat lijkt niemand te overwegen. We overleven, we herinneren ons, we bereiden ons voor om weer naar huis te gaan en te strijden voor een vrij Georgië. Waarom zou je voortgaan als het doel is op je schreden terug te keren? En hoe kun je voortgaan op een grond die onder je wegzinkt? Wat ik schrijf is heiligschennis en ongetwijfeld verraad. Heeft onze vader ons niet verraden door zo koppig vol te houden? Mijn opstandige momenten duren nooit lang. Waarschijnlijk vanwege het plichts- en het familiegevoel dat ik heb. Of erger, omdat ik zo iemand ben die zich laat meevoeren, speelbal van de gebeurtenissen. Heb je dat in mij gezien? Was je bereid daarvan te houden? Zal ik je ooit terugzien?

*

Tamaz

Ik heb over je familie horen spreken. Jullie zouden in Turkije zijn, klaar om naar Frankrijk te vertrekken. Ik ben van slag door die plotselinge realiteit. Ik ben gewend geraakt aan het idee je niet terug te zien. Je bent alleen nog een vage gestalte in de haven van Batoumi. En een onaantastbare, bestendige en troostende aanwezigheid in mijn verbeelding. Ik weet niet zeker of ik wil dat onze wegen elkaar kruisen. Ik weet niet zeker of ik je nog leuk vind. En al helemaal niet of je mij nog leuk vindt. Ik ben vast en zeker veranderd. Ik zie eruit als een elegante Parijse studente. Maar ik hou de schijn niet lang op, je hoeft alleen maar met me te praten of het masker valt. Toch leiden we het leven van Parijzenaars, we zijn nauw bevriend gebleven, mijn neven en nichten, mijn zus en ik. Ik vraag me vaak af hoe het leven in Georgië zal zijn als we teruggaan. De grenzen kunnen niet eeuwig gesloten blijven, dat is nog nooit vertoond. Je kunt miljoenen mensen niet jarenlang van de rest van de wereld afsluiten. Ik hoop dat we terugkeren voor het voor mijn grootouders te laat is. Babou en Bebia zijn oud. Wij hebben de tijd, zij niet.

Drie jaar na zijn verdwijning hebben we officieel bericht gekregen van mijn vaders overlijden. Van zijn dood. Het woord 'overleden' bevalt me niet. Hij zou gefusilleerd zijn. Er is ons geen enkel detail gegeven over de omstandigheden van zijn executie. Geen datum. Ik word 's nachts vaak wakker. Ik zie zijn gezicht weer voor me, intact, alsof ik hem zojuist had verlaten. Bij het wakker worden ontsnappen zijn gelaatstrekken me weer en de jaren hebben gewonnen. Ik voel dan zo'n diep verdriet dat het zich niet laat beschrijven. Is hij bang geweest? Heeft hij beseft dat hij ons voor altijd verliet? En als hij het had geweten, op het moment dat hij nog in Frankrijk was, zou hij dan alsnog zijn vertrokken? Ik weet nu zeker dat hij het bevel heeft gekregen terug te gaan. Mijn vader was loyaal. Maar als hij geweten had dat de scheiding definitief zou zijn. Zou hij dan zijn teruggekomen op het moment van vertrek? Zou hij me in zijn armen hebben genomen, met geweld, om me gedag te zeggen? Tegen mijn wil? Zou hij de woorden teniet hebben kunnen doen die ik hem kort daarvoor in het gezicht had gesmeten? Mijn vragen zullen zonder antwoord blijven en ik zal ermee moeten leren leven.

Ik heb iemand ontmoet. Een meisje. Ze heet Nora. Ze kwam de zuivelwinkel binnen. We waren bezig de yoghurt in de schappen te zetten, Deda, mijn tante en ik. We zongen. Ze vroeg wat dat voor vreemde taal was. Ze begon het gesprek in het Russisch. Deda en mijn tante gaven geen antwoord. Ik wel, maar in het Frans. Nora is Russisch. Ik heb haar moeten uitleggen waarom we haar taal liever niet spreken. Nora spreekt goed Frans, maar heeft een heel sterk accent gehouden, precies zoals ik niet van mijn Georgische accent af kom. Sinds deze ontmoeting geloof ik in vriendschap op het eerste gezicht. Nora is heel mooi. Ze draagt haar goudblonde krullen bijeengebonden in een lange vlecht. Ze heeft lange slanke armen en benen. Ze is zoals ik zou willen zijn. Het mag duidelijk zijn dat als deze brief echt was en bedoeld om te worden gepost, ik niet zo de nadruk zou leggen op Nora's schoonheid. Hou je nog steeds van ronde vormen en steil bruin haar? We zijn naar buiten gegaan en hebben wat door de jardin du Luxembourg gelopen. In een paar uur hebben we jaren van ons leven besproken. Haar familie heeft Moskou verlaten. Voor altijd, voegt ze eraan toe. Ze zijn joods. Terugkeren is ondenkbaar, ze zijn van plan hier een nieuw leven op te bouwen. Ze zitten boordevol plannen en ambities waarvan ik zou willen dat wij ze hadden. Haar ouders hebben een paar familieschatten weten te redden. Haar vader is een getalenteerde dirigent. Ze wonen comfortabel. Haar ballingschap en gemeenschap lijken niet op die van mij. Terwijl wij op de terugkeer wachten, vestigen zij zich. Toch begrepen we elkaar. We spraken met elkaar af. De volgende dag, en vervolgens de dag daarop. We zijn onafscheidelijk. Dat leidt tot een lichte verwijdering tussen mij en mijn zus, Daredjane en Eka. Toch leren ze Nora, die bij onze familiebijeenkomsten aanwezig is, waarderen. Nora houdt van de sfeer in onze appartementen, ook al zijn ze klein en beschikken we over weinig luxe. Ik ben onder de indruk van haar tact. Als we naar een café gaan, bestelt ze het goedkoopste om mij een gênante situatie te besparen. Onze ontmoetingen brengen me in vervoering. Ik heb mijn passie voor het schilderen nooit met iemand kunnen delen, zelfs niet met Stanko.

Hij is een jongen en eigenlijk denkt hij dat ik uiteindelijk zal trouwen en niet meer daaraan zal denken. Nora luistert naar me en begrijpt me. Zij is vooral geïnteresseerd in fotograferen. Ze heeft een camera. We praten over haar creaties en over die van mij. Ik versnel mijn pas om haar terug te zien. Sinds jou heb ik dat niet meer ervaren. Dat gevoel een beetje te kunnen ontsnappen aan het lot van de familie, aan dat van Georgië. Met haar ben ik vrij. Zoals ze me aankijkt en me haar vertrouwen schenkt maakt me stoutmoedig en geeft de toekomst een ander aanzicht.

Ik heb haar over jou verteld. Over jou in de werkelijkheid en over jou in mijn verbeelding. Over de dierbare ander die ik heb verzonnen en aan wie ik schrijf. Vriendschap is een groot gevoel, standvastiger dan de liefde.

Tamouna

WE GAAN NAAR school. We kennen veel Fransen, maar we worden weinig bij hen thuis uitgenodigd.

Dat komt door onze namen, zegt Irakli, die maken hen bang.

Ze voelen zich belachelijk omdat het ze niet lukt ze uit te spreken, zegt Gougou.

Jullie slaan onzin uit, zegt Eka, ik heb heel goede Franse vrienden.

Natuurlijk, zegt Daredjane, maar voor hen blijf je een onbeduidende emigrante die soms in de zuivelwinkel werkt. We zouden een manier moeten vinden om hun te laten weten dat we in Georgië van goede familie waren, en niet zomaar wie dan ook.

We hoeven niemand iets te bewijzen, zegt Thea.

Het maakt ons geen barst uit, zegt Gougou.

We hebben het samen goed, voegt Irakli eraan toe.

Van ons zessen is hij degene die zijn Georgische accent het meest cultiveert, alsof het verlies ervan zou betekenen dat we onze identiteit opgaven.

Hij heeft gelijk, zeg ik. Waarom koste wat het kost proberen te integreren? We zijn anders. Ik voel het elke keer als iemand kennis met me wil maken. Ik schaam me bijna me voor te stellen.

Ze slaken verontwaardigde kreten. Ik protesteer: Ik zeg niet dat ik me voor mijn herkomst hoef te schamen. Ik voel het, in hun ogen, wanneer onze moeders zinnen mompelen die voor hen onbegrijpelijk zijn, als ik een gat in mijn kleren moet verhullen, wanneer ik te kleine schoenen draag, wanneer het ze niet lukt mijn naam uit te spreken. Die te doorbreken barrière maakt me krachteloos.

Ze zeggen niets meer. Ik zou willen dat een van hen me verzekert dat hij me begrijpt. Opeens realiseer ik me dat dit niet nodig is. We voelen allemaal hetzelfde. Ik lees het in hun ontwijkende blikken. Maar die gevoelens moeten worden verzwegen. Ik heb een stommiteit begaan, ik zou hun moeten vragen me te vergeven. Het fluitje van de parkwachter is mijn redding. We moeten snel het park uit, het gaat dicht. We rennen over de lanen. Sneller dan anders, alsof we worden bedreigd. We stoppen voor de zuivelwinkel, buiten adem. Onze neven en nichten gaan zonder een woord naar binnen, Thea en ik lopen in de richting van het busstation.

Denk jij nog in het Georgisch, of in het Frans? vraagt Thea me.

Het is dapper van haar me die vraag te stellen.

Ik geef haar eerlijk antwoord: Steeds vaker in het Frans. En ik voeg eraan toe: Maar met het accent. We barsten een beetje geforceerd in lachen uit en stappen de bus in. Nora benijdt me om mijn zus, ik benijd haar om haar vader.

NA DE LUNCH, terwijl Nestane de laatste voorbereidingen treft, gaat ze weer naar het balkon. Ze kijkt Rézico na op de boulevard. Ze heeft hem vaak, met een zwaar hart, nagekeken. Toen hij een klein jongetje was, en later als puber. En weer later toen hij een man was geworden. Zijn tred is dezelfde gebleven. Ongeduldig. Snel. Ze heeft altijd moeite gehad hem bij te houden. Mettertijd is ze ermee gestopt achter hem aan te hollen. Of hij heeft geleerd zijn pas af te stemmen op de hare. Hij verdwijnt in het metrostation. De deurbel gaat. Een ononderbroken geluid dat alleen door het opendoen van de deur kan worden gestopt. Het is Tsiala. Dat is haar manier van aanbellen. Ze dropt een stapel mappen op de tafel en buigt zich vooover om haar te kussen.

Je ruikt lekker, zegt Tsiala, terwijl ze haar mappen openslaat om foto's en documenten op de tafel neer te leggen. Ik beloof je dat ik alles weer zal opruimen, maar ik zou graag willen dat je er een blik op wierp. Is papa er niet?

Hij is net weg, hij komt zo terug.

Kom je kijken, Nestane? roept Tsiala naar haar tante.

Ik kom eraan, antwoordt Nestane.

Schreeuw niet zo, zo groot is het appartement niet, zegt zij. Ze kijken naar de verspreid liggende foto's. Sommige door Tsiala genomen, andere afkomstig uit familiealbums, uit vergeten laden. Tsiala heeft ze gesorteerd, van etiketten en aantekeningen voorzien.

Wat wil je daar nog allemaal mee?

Voorlopig zou ik alleen graag willen dat jij ze van commentaar voorzag, antwoordt Tsiala haar.

Luister, ik ondersteun je plan om die relikwieën te gebruiken, die sporen, zoals jij zegt. Maar meer moet je niet van me vragen.

Best, zegt Tsiala alleen.

Ik zou die foto's graag willen hebben, zegt Nestane, het is alsof ik ze opnieuw ontdek.

Ze poseert met Thea voor een fotograaf bij hun aankomst in Frankrijk. Ze staat met Badri en Rézico als baby voor de kraamkliniek. Verder groepsfoto's, genomen tijdens feesten van de Georgische vereniging, geforceerde en ernstige gezichten, ervan bewust voor de eeuwigheid te poseren. Nestane en Rézico, als kinderen, in Georgische kostuums. Haar grootvader en -moeder in de straten van Tbilisi. Bebia draagt haar boodschappenmand, Babou houdt haar bij de schouders en staart uitdrukkingsloos in de lens, Bebia als de Mona Lisa, met dezelfde raadselachtige glimlach. Het is de enige foto die ze van hen heeft. Een vriend van de familie heeft die waarschijnlijk aan haar gegeven. Ze herinnert het zich niet. Ze had eerst geaarzeld of ze hem aan Tsiala zou toevertrouwen.

Hier is je trouwboekje, je wist niet meer waar je het had gelaten, zegt Nestane.

En je oude paspoort, zegt Tsiala. Apatride. Wat betekent dat, apatride? Was jij apatride?

Dat ben ik nog steeds, het betekent 'zonder vaderland', zegt zij.

Tsiala en Nestane lijken perplex.

Waarom heb je nooit de Franse nationaliteit aangenomen? vraagt Tsiala. Je had er recht op.

Ik weet het niet meer. Er zijn er veel die het niet hebben gedaan. Waarschijnlijk hadden we er geen behoefte aan.

Ze hebben hun koffers neergezet, zijn erop gaan zitten maar hebben ze nooit geopend, zegt Nestane.

Tsiala ziet opeens een beetje bleek, vindt ze.

Je zou moeten uitrusten, zegt ze. Slaap je wel genoeg?

Laat me toch, protesteert Tsiala. Ik ben niet moe.

Wanneer zou ik die foto's terug kunnen krijgen? vraagt Nestane. Ik ben bang dat ze zo nog zoekraken.

Ze zijn niet van plan zoek te raken, zegt Tsiala ironisch, en daarbij zijn ze evengoed van mij als van jou.

Niet helemaal, ik ben toch...

O schei uit, ze zijn van mij, punt uit.

Nestane en Tsiala buigen het hoofd als twee kinderen die op iets stouts zijn betrapt.

Ik ga ervandoor, zegt Nestane, red je het wel, mama? Ik zal wat eerder komen dan de hele club om je te helpen.

Tot straks.

Tot vanavond, zegt Tsiala.

Ze haalt een spel kaarten uit een doosje en begint ze te schudden.

Zullen we een potje dubbelpatience doen? vraagt ze.

Liever een potje nardi, zegt Tsiala.

Ze openen het backgammonbord en spelen, laten de dobbelstenen rollen.

Heb jij nooit geld gehad? vraagt Tsiala. Op geen enkel moment in je leven?

Nee.

Ik geloof dat ik graag veel geld wil verdienen, zegt Tsiala.

Dan ga je dat vast en zeker ook doen.

Geloof je dat het met elkaar te verenigen is, kunstenaar zijn en veel geld verdienen?

Vraag je dat aan mij?

De beknoptheid van haar antwoorden lijkt Tsiala, die zin heeft om te praten, wel goed uit te komen.

We zijn eigenaardig in onze familie, we houden vast wel van elkaar, maar...

Ze roept uit: Hoezo 'vast wel'?

Vast wel, ja, zegt Tsiala, maar toch interesseren we ons niet echt voor elkaar, we steunen elkaar niet, we geven ons niet bloot. Het lukt me niet echt erachter te komen waar onze intimiteit, onze saamhorigheid op berusten.

Je stelt jezelf veel te veel vragen, zegt zij.

Nee, zegt Tsiala, het houdt me verder niet bezig.

Heb je het gevoel dat je vader je laat zitten? vraagt ze. Dat is omdat hij op dit moment...

Welnee, zegt Tsiala, het heeft niets met papa te maken, alles gaat goed met papa. Ik heb het over onze familie in het algemeen. De kracht van onze passiviteit is ongelooflijk, alsof de dingen onveranderlijk waren, alsof ons niets kon overkomen.

Misschien omdat er al heel wat is gebeurd.

Met jou misschien, maar niet met ons.

Ze begrijpt niet echt waar Tsiala naartoe wil. Ze zou dit gesprek moeten aangrijpen. Ze is bang haar kleinkind teleur te stellen.

Ze wint het partijtje nardi. Zoals altijd. Ze is goed in het spel.

Tsiala verlaat het vertrek, komt terug met een yoghurtje dat ze, dwars op haar stoel gezeten, met één been onder zich gevouwen, in één teug leegdrinkt. Zij heeft de kaarten weer gepakt en is een spelletje patience begonnen.

Ik begrijp niet wat je aan dat patiencen vindt, zegt Tsiala. Het is zo saai!

Voor jou, niet voor mij.

Ze voelt dat haar antwoord Tsiala irriteert. Ze weet meteen wanneer ze iemand op de zenuwen werkt. Soms heeft ze er plezier in te provoceren.

Zou je een paar boodschappen voor me willen doen? vraagt ze.

Daarvoor was Nestane hier, waarom heb je het niet aan haar gevraagd? zucht Tsiala. Ik wil het best doen, maar je moet niet vitten als ik niet het merk vind dat je wilt.

Ze laat haar brokjes voor Pacha en wasmiddel halen. Tsiala is heel snel terug, een beetje buiten adem alsof ze heeft gerend. Ze gaat weer zitten en zegt: Weet je, ik heb je raad opgevolgd, ik heb hem gebeld.

Mathieu?

Mathieu ja, uiteraard.

En?

Je had gelijk, zegt Tsiala, hij leek blij, we hebben elkaar twee keer gezien en een nacht. Een hele nacht.

Dus, jullie hebben de stap gezet?

De stap gezet? spot Tsiala. Ja, ik ben met hem naar bed geweest, als je dat bedoelt.

Ze zwijgen. Tsiala staat op, doet de deur naar het balkon

open. Het lawaai van de boulevard vult het appartement. Wat een herrie, zegt Tsiala. Hoe hou je dat uit? Kom je even mee naar buiten?

Ze staan naast elkaar boven de boulevard. Tsiala steekt een sigaret op. Ze snuift de rook op die onder haar neus vervliegt. Na zoveel jaren betrapt ze zich er nog op ernaar te verlangen.

Ik wou dat we verliefd waren, zegt Tsiala.

Het is vreemd geformuleerd maar zij begrijpt het.

WE ZIJN UITGENODIGD voor een Russisch bal. De Russische aristocraten geven grandioze bals. Nora is door ons meegevraagd. We hebben avondjurken nodig. Deda en ik duikelen lapjes stof op en proberen voor ieder van ons een avondjapon te maken.

Ik wil een decolleté, zegt Daredjane, anders is het net een nonnengewaad.

Ze bemachtigt een schaar. Mijn tante slaakt een kreet en trekt haar de schaar uit handen.

Laat mij het doen, jij gaat de hele jurk verknoeien, zegt mijn tante.

Goed, zegt Daredjane, maar zweer me dat je een decolleté voor me maakt.

Deda bromt iets, pakt mijn tante de schaar uit handen en begint in de stof te knippen op de borst van Daredjane.

Ai, pas op, dat is koud, zegt Daredjane.

Eka en Thea staan te draaien, ik gebaar ze stil te staan, ik buk en haal een paar naalden uit hun zomen. Daredjane draagt een blauwe jurk van velours met pofmouwen waarin ze eruitziet als een markiezin. Eka een roze strak getailleerde jurk die haar gracieus maakt. Thea lijkt op een zwaan, met haar paarse mousseline.

En jij? zegt Eka. Kleed je snel aan.

Ik trek een donkerrode jurk aan. Ik zie mezelf in de spiegel en zucht.

Het lijkt wel een Georgische jurk, ik zie eruit als een Georgische. Alleen de twee lange vlechten ontbreken nog.

Deda en mijn tante applaudisseren voor ons.

We hebben geluk, zegt Daredjane, niemand van ons is lelijk.

Wat een geluk, roept Thea ironisch.

Ik ben zo opgewonden, zegt Eka, ik moet oppassen dat ik niet in mijn broek plas.

Dat is nog eens chic, zegt Daredjane. En Irakli?

Nora heeft een smoking voor hem gevonden, zegt mijn tante.

Op dat moment komt Nora binnen in een werveling van stoffen, haar jurk is van blauw satijn, haar krullende haren worden bijeengehouden door een gouden kam en golven over haar schouders.

Wat een schoonheid! zegt Deda.

Ik doe er nog een schepje bovenop: Je bent zo mooi!

We zijn allemaal prachtig, zegt Nora.

Wij vallen meer op dan jij, zegt Thea, want wij dragen stukken gordijn.

Ik geef haar een elleboogstoot. Irakli wacht ons op met de taxi van Ramaz. We roepen oh en ah bij het zien van zijn chique verschijning, hij lijkt alleen oog voor Nora te hebben.

Is je opgevallen hoe elegant je zussen en nichten zijn? vraagt Eka.

Irakli werpt haar een woedende blik toe en neemt niet de moeite te antwoorden.

Mij is het opgevallen, zegt Gougou.

Hij staat in pyjama in de deuropening, ik buig me naar hem toe om hem een kus te geven en zeg: Je zult zien, de volgende keer ben je groot genoeg om met ons mee te gaan.

En je zult vast een betere escorte zijn dan Irakli, zegt Thea.

We persen ons in de taxi. Gougou kijkt ons na tot we de boulevard du Montparnasse inslaan.

We zitten te dicht op elkaar, onze jurken zullen scheuren, gilt Eka.

Misschien kun je beter niet zeggen dat je joods bent, zegt Irakli tegen Nora.

Waar heb je het over? zegt Nora.

Dat is waar, Wit-Russen zijn een beetje antisemitisch, zegt Eka.

Je overdrijft, zegt Thea.

Op Georgische meisjes daarentegen zijn ze dol, zegt Daredjane, je hoeft alleen maar te zeggen dat je orthodox en Georgisch bent, we kunnen je de naam Nora Tjichavadze geven, dat is een prinsessennaam. Het was de meisjesnaam van onze grootmoeder.

Ik zeg: O, wat ben je weer grappig.

Nee, laat maar, zegt Nora, ik vind het leuk een Georgische naam te dragen, ik zal zeggen dat ik een van jullie nichtjes ben.

Tijdens het bal verliezen we elkaar uit het oog, ieder van ons wordt ten dans gevraagd. Ik draai in het rond zonder aandacht te besteden aan mijn danspartners, ik ben een beetje duizelig, ik aarzel of ik een glas champagne zal nemen.

Drink je tegenwoordig?

Ik sla mijn ogen op en kijk diep in die van Tamaz. Ik laat mijn glas los, dat op de grond kapotvalt. Tamaz haalt me weg bij de scherven. Hij is zoals in mijn herinnering. Ouder, indrukwekkender.

Ik heb je gezocht, zegt hij, ik heb er even over gedaan, je had je goed verstopt.

Ik weet niet wat ik moet zeggen of ik heb mijn stem verloren.

Ik ben sinds een week in Parijs, ik heb net je adres gekregen.

Ik blijf sprakeloos.

Kom dansen.

Hij voert me mee tussen de dansers. In zijn armen ontspan ik me, ik herken de geur van zijn haar, van zijn huid, ik laat me gaan. Zijn schouders zijn breder geworden.

Je ziet eruit als een man.

Hij lacht: En jij ziet eruit als een vrouw, een heel mooie vrouw.

Hij drukt me tegen zich aan. Ik leg mijn hoofd op zijn schouder. Er is te veel dat ik hem moet vertellen. We dansen aan één stuk door. We wervelen. Waarschijnlijk is dat alles wat ons te doen staat. Ik hou mijn ogen dicht. Als ik ze weer opendoe, zie ik de meisjes voor me die grote gebaren maken. Tamaz kan niet anders dan ze ook opmerken.

Zijn dat je nichten?

Ja, en mijn zus, en mijn vriendin.

We voegen ons bij hen en ik stel iedereen aan elkaar voor. Als ik Tamaz' voornaam uitspreek, onderdrukt Nora een kreet, de glimlach van Thea lijkt even in de richting van een schaterlach te gaan. Ik zou ze willen vermoorden. Tamaz, onverstoorbaar, voert beleefd een gesprek.

Ja, hij is net in Parijs aangekomen, ze zijn via Turkije gekomen na de opstand van 1924. Twee jaar zijn ze daar gebleven. De situatie in Georgië zit vast, zijn ouders willen zich in het zuiden van Frankrijk vestigen, hij zal er architectuur studeren.

Ik verdraag de aanwezigheid van de meisjes niet. Ik voel me niet erg goed.

Kom een luchtje scheppen, zegt Tamaz tegen me.

Ik volg hem naar een balkon. Het silhouet van de Eiffeltoren voor ons is een beetje angstaanjagend.

Vind je hem mooi, die Eiffeltoren?

Hij kijkt niet naar de Eiffeltoren. Hij komt naar me toe. Zijn gezicht is zo dichtbij dat ik de trekken ervan niet meer kan onderscheiden, ik buig naar hem over. We kussen. Zijn kussen zijn langer, intenser dan in Batoumi, hij laat zijn handen over mijn middel, mijn rug, mijn nek gaan. Ik druk me dicht tegen hem aan, ik zou nog dichterbij willen zijn. Misschien maakt dat hem bang. Hij doet plotseling een stap terug. We blijven tegenover elkaar staan, met neerhangende armen. Ik heb het erg warm. Hij lijkt opeens ijzig.

Ik moet gaan, zegt hij. Deze plek staat me niet aan. Ik kwam om jou te zien.

Hij loopt achteruit, ik word door paniek bevangen.

Waar in Parijs zit je? Wanneer vertrek je? Zien we elkaar terug?

Ik vertrek morgen, zegt hij. Maar natuurlijk zien we elkaar terug. Dat is het enige waar ik naar verlang: jou zien.

Hij draait me de rug toe. Ik bal mijn vuisten om hem niet

tegen te houden, om me niet aan hem vast te klampen. In-eens keert hij terug op zijn schreden, pakt me bij mijn nek, kust me heftig, bijt in mijn lippen. Tranen van pijn springen in mijn ogen. Ik heb geen tijd om te proberen ze voor hem te verbergen. Hij is weg.

Ik weet niet wanneer we het feest verlaten. Ik weet niets meer van de weg terug. Ik herinner me de duisternis in de slaapkamer, de stem van Thea die zachtjes zegt: Je zult hem terugzien, ik weet het zeker. Kijk nou, je dacht hem nooit meer te zien en hij is toch weer verschenen. Dat is een teken.

Het duurt een paar dagen voor ik in staat ben Thea en Nora te vertellen wat er op het balkon is voorgevallen. Ze helpen me de situatie nuchter te analyseren: hij heeft me gezocht, hij heeft me gekust.

Hartstochtelijk, ja hartstochtelijk, dat kun je wel zeggen, zegt Nora. Hij heeft dezelfde gevoelens als jij, daar valt niet aan te twijfelen.

Maar waarom heeft hij me zo ruw van zich af geduwd?

Omdat hij zijn verlangen niet kon beheersen, zegt Nora.

Thea begint kirrend te lachen.

Je geneert je, zegt Nora tegen haar, maar het is de waarheid, je bent te jong om het te begrijpen. Hij moest zichzelf weer meester worden. Je krijgt een dezer dagen een brief, Tamouna, dat zul je zien. Hij is in Frankrijk, wees blij, ik zou maar wat graag hetzelfde willen voelen.

Ik voel hoe haar enthousiasme op me overslaat. De dagen die volgen zijn euforisch. We nemen Nora mee naar een Georgische kerstboom. We hebben veel plezier, we vormen een hechte groep met de jongelui van de Georgische kolonie. Wat ik voor Tamaz voel maakt me licht in mijn hoofd.

Dat is het enige waar ik naar verlang: jou zien. Ik herhaal heel zacht zijn woorden voor mezelf.

Elk gebaar dat ik maak, elke beweging die ik maak is voor hem. Ik stel me voor dat zijn ogen op me rusten en wordt erdoor getransformeerd.

De voorzitter van de Georgische vereniging in Frankrijk houdt een redevoering, brengt een toost uit op het vaderland, op de vrijheid, op de strijd. Ze heffen het volkslied aan. De sfeer wordt plechtig, en daarna brengen de liederen en de dansen weer vrolijkheid.

Het is geen tijd meer voor vrolijkheid, zegt een man achter mij.

In de vrolijkheid vinden we de kracht om te vechten, zegt een andere man.

Dat is lafheid, jullie zijn lafaards, jullie partij heeft nooit weten te vechten, jullie hebben het hoofd laten hangen, en dit komt ervan, Georgië is geannexeerd.

We hebben gevochten, sommigen van ons zijn gemarteld. Kijk naar hem, hij is jong en mist een arm. En door wie is hij gemarteld? Door Georgiërs, zijn landgenoten, in naam van de revolutie.

Nee, het waren de Russen.

De bolsjewieken, de roden...

Waar hebben ze het over? vraagt Nora me.

Ik geef geen antwoord. Ze praten allemaal door elkaar.

Aan praatjes heb je niets, jullie hadden de macht in handen moeten houden, dat is jullie niet gelukt.

We moeten eensgezind blijven, onderlinge ruzie zal nergens toe leiden.

Ophouden of wegwezen.

Tafels worden verschoven, een stoel valt, twee mannen werpen zich op elkaar, mijn oom probeert ze uit elkaar te halen, andere mannen mengen zich in het krijgsgewoel, ze verdwijnen naar buiten. Geleidelijk aan keert de rust terug.

Niets aan de hand, zegt Stanko tegen Nora. Er zijn evenveel strijdende partijen als er Georgiërs in Frankrijk zijn.

Mettertijd is Stanko's pessimisme veranderd in een ironisch fatalisme. Van het leven genieten is voortaan zijn devies. Onder in de zak van zijn jas bewaart hij nog altijd een beetje Georgische aarde.

Daar moet je geen grappen over maken, zegt Irakli, we zitten hier vast en allemaal proberen we het hoofd niet te laten hangen.

Natuurlijk niet, beste vriend, zegt Stanko terwijl hij vriendschappelijk een arm om hem heen slaat.

Twee minuten later dansen ze een vissersdans waarbij ze de clown uithangen voor Nora. Wij klappen in onze handen. Ik vraag me af voor wie, voor wat mijn vader dood is gegaan. Ik neem mij voor te proberen het te begrijpen, mijn oom erover uit te vragen.

De slaapkamer is zo klein, Thea en ik slapen zo dicht bij elkaar dat ik haar kan horen ademhalen. Soms geef ik haar een elleboogstoot zodat haar adem stokt.

Slaap je? vraagt ze.

Nee.

Denk je aan Tamaz?

Ja. En jij, denk jij aan iemand?

Nee, je weet best dat ik heel snel inslaap zonder ergens aan te denken.

Ik weet het en benijd haar dat ze zo gemakkelijk kan slapen, terwijl ik hele nachten lig te piekeren.

Ik denk soms nog aan Tamaz, of aan iemand die op den duur zijn plaats inneemt. Iemand zonder gezicht. Ik hou ervan daaraan te denken. Ik ben een ander en hij is een ander, als in het gedicht van Verlaine.

Welk gedicht? vraagt Thea.

Vaak heb ik die droom, indringend en heel wonderlijk
over een onbekende vrouw, ik hou van haar, zij houdt van mij,
en nooit is zij in ieder opzicht aan zichzelf gelijk
noch helemaal een ander, die van me houdt en me begrijpt.

Mooi, zegt Thea, een beetje zeikerig, maar mooi.

Je hebt gelijk, Rimbaud is het betere werk.

En papa? Denk je wel eens aan hem?

Ik geef geen antwoord. De stilte wordt ten slotte drukkend.

Ja en nee, eigenlijk niet, Bebia, Babou, papa, ik heb ze verloren, ik zou aan hen willen denken maar het lukt me niet, het is als een groot gat in mij, en de dagen verstrijken en niets vult het gat.

Ja, murmelt Thea.

En jij?

Ze is ingeslapen zonder ergens aan te denken.

Ik ga niet meer naar school. Ik wil graag dat Thea een opleiding kan doen. We hebben geld nodig. Begin jaren dertig ga ik werken als secretaresse. Tamaz heeft niets van zich laten horen. Ik stel me hem voor als student aan de academie voor bouwkunde, getrouwd of verloofd. Hij is me ongetwijfeld vergeten. Nora gaat naar de kunstacademie. Ze vindt werk voor me als kleedster in een modehuis. Ze dringt erop aan dat ik die kans grijp. Het is vermoeiender maar beter betaald dan het secretariaat. Jurken van grote ontwerpers gaan door mijn handen, ik assisteer bij modeshows. Ze vertrouwen mij de kleding toe die moet worden vermaakt. Deda is trots, ze helpt me de linten te knippen, ze denkt dat ik ooit aan het hoofd van een groot modehuis zal staan. Ik laat haar fantaseren. Ik kijk niet meer ongeduldig uit naar de post, het beeld van Tamaz vervaagt.

Na de opstand is een nieuwe golf Georgische emigranten in Parijs gearriveerd, het zijn vaak jongeren, soms met hun families. Ze hebben geprobeerd verzet te bieden, ze zijn in opstand gekomen tegen de bolsjewieken, de repressie is verschrikkelijk geweest. De situatie verhardt geleidelijk aan. Georgië maakt voortaan deel uit van de Sovjet-Unie. Stalin heeft er de teugels in handen. Elke hoop op terugkeer is vooralsnog de bodem in geslagen. We zullen Babou en Bebia waarschijnlijk niet levend terugzien, zegt mijn oom. Hij heeft antwoord gegeven op mijn vragen. Mijn vader heeft gestreden voor een ideaal dat hij niet heeft verraden. Zijn foto troont in de zaal van het kasteel van Leuville naast die van andere leden van een efemere regering. Op de foto herken ik hem niet. Nora vindt hem mooi. De man op de foto is mooi. Ik wend me ervan af. De man op de foto doet me pijn.

Naast de kerk van Leuville is een kerkhof. Een hoek van dit kerkhof is gereserveerd voor de Georgiërs.

We lopen, Thea, Irakli, Gougou en ik, over de paden.

Denken jullie dat we onze ouders hier zullen begraven? vraagt Irakli.

Ja, dat hebben ze ons gevraagd, zegt Gougou.

Ik weiger Deda hier te begraven, zegt Thea, haar plaats is in Georgië.

Ocharme, zegt Irakli, je hebt het nog steeds niet begrepen.

Ik denk aan onze vader zonder graf. Ik had graag gewild dat er hier of daarginds een graf was.

We zullen in ieder geval doen wat we kunnen, zegt Gougou.

Hij is verliefd op een Française, Colette, en niets kan zijn goede humeur bederven.

De Georgiërs trouwen te veel onder elkaar, zegt Gougou, dat is niet goed, we moeten opener zijn.

Ik hoor hem maar luister niet.

Voor mij, zeg ik, zijn onze afwezigen in Georgië, ik denk graag dat ze samen zijn, in de aarde, de hemel of de zee van daarginds.

Niemand maakt een schertsende opmerking. We staan stil en nadenkend tussen de stenen.

*

Tamaz,

Op dit moment ben je me waarschijnlijk vergeten. Dat komt goed uit want mijn brief is een afscheidsbrief. Ik zal hem je net zomin als de andere sturen, maar ik voel de behoefte je te schrijven. Ik heb over je gehoord. Je zet je studie voort in het zuiden, je hebt

een verloofde, een Française. Ik op mijn beurt flirt erop los, ik heb
de smaak te pakken gekregen, ongetwijfeld om de afdruk van
jouw lippen op de mijne uit te wissen. Nora vertelt me over haar
amoureuze avonturen. Misschien zou je me geschreven hebben,
zou je me zijn komen halen als ik haar zelfvertrouwen had gehad.
Mettertijd heb ik het gevoel gekregen dat ik me de scène op het
bal heb verbeeld. Nora heeft een minnaar gehad. Daar ben ik van
onder de indruk. Ik heb een paar Franse jongens ontmoet die ver-
der wilden gaan, ik had er geen zin in. Toch waren ze niet alle-
maal onaantrekkelijk. Toen heeft Stanko me voorgesteld aan een
vriend, Badri. We waren elkaar al eens tegengekomen, in de kolo-
nie. Op het eerste gezicht valt hij niet op, hoewel hij nogal een
mooie jongen is. Ik voelde me meteen op mijn gemak bij hem. Zijn
kussen zijn zacht en innig, hij is hoffelijk en intelligent. Hij is
benzinepompbediende terwijl hij een carrière als ingenieur wil-
de. Zijn moed trekt me aan. Uit eerlijkheid tegenover hem zal ik
je niet meer schrijven. Toch ben ik niet opgehouden van je te hou-
den. Ik ben opgehouden op je te hopen.

Tamouna

BEN JE VAAK verliefd geweest? vraagt Tsiala.

Eén keer, antwoordt ze.

Op Babou? Was Badri de enige in je leven? Eén enkele man, dat is vreemd.

Er is een ander geweest dan je grootvader.

Raymond? Die met je wilde trouwen? vraagt Tsiala. Je hebt geweigerd vanwege je moeder die bij je woonde, en vanwege papa en Nestane die nog klein waren. Was je niet verliefd genoeg op hem?

Dat zou je haast denken. Hij was lelijk maar had een enorme charme, hij maakte me aan het lachen, nam me mee uit dansen. En dansen kon hij. We dansten hele nachten. Het was een gelukkige tijd. Na de oorlog hadden mensen zin zich te vermaken. Ik geloof dat het voor het eerst was dat ik me zo vrij voelde. Soms, als ik de hond uitliet, ging ik een café binnen, dat ik koos vanwege het interieur, ik hield vooral van bankjes bekleed met rood velours en grote spiegels, ik maakte me op als voor een afspraakje, ik deed mijn jas niet uit. Het was een grijze gabardine jas die ik voor mezelf op maat had gemaakt, waarin ik me elegant en zekerder van mezelf voelde.

Wat deed je in die cafés? Las je? Praatte je met mensen? vraagt Tsiala.

Nee, antwoordt ze. Ik bestelde een kopje koffie, dat was alles wat ik me kon veroorloven. Ik dronk er met kleine teugjes van, genietend. Ik genoot werkelijk van elke minuut. Ik besefte dat de tijd voorbij was gevlogen en me veel had ontstolen. Als ik daar zat, anoniem, had ik het gevoel midden in het leven te staan. En het midden, dat is niet het einde. Van die gedachte was ik vervuld. Ik keek naar de stelletjes die elkaar omhelsden, gezinnen, een vader en zijn dochter, vrienden die in lachen uitbarstten en ik voelde niets dan dankbaarheid tegenover hen.

Ik begrijp het, zegt Tsiala.

Een poosje zeggen ze geen van beiden iets, en dan zegt Tsiala: Ik geloof dat ik met te veel jongens naar bed ben geweest.

Ze moet erom lachen: Moet ik nu gechoqueerd zijn?

Welnee, antwoordt Tsiala, er is niets choquerends aan, ik zeg het niet vanwege de moraal, ik voel het zo, ik ben op zoek naar één bijzondere relatie maar ik kan mijn nieuwsgierigheid niet bedwingen. Hoe meer jongens ik ontmoet, hoe minder ik weet wat ik zoek.

Lieve schat, ik zeg het je nog eens, je denkt te veel na, veel te veel, zegt ze.

En jij bent gewoon een oude kletskous, zegt Tsiala terwijl ze het appartement weer in loopt. Ik moet ervandoor. Tot straks.

Ze hoort de voordeur weer dichtgaan. Ze blijft nog wat op het balkon. Ze rilt maar heeft geen zin om in beweging te komen. Het parkje is nu leeg. Een paar voorbijgangers lopen gehaast over de trottoirs. De zon staat op het punt achter de flat aan de overkant te verdwijnen. De rest van de dag blijft hij erachter verborgen, ze ziet hem nooit ondergaan. Daar heeft ze toch altijd van gehouden: de zon zien verdwijnen. Zal Tamaz komen? Thea en Nora zijn de enigen met wie ze ooit over deze wonderlijke band heeft gepraat. Zonder Thea, zonder Nora bestaat hij niet meer. De schemering valt en het bezoek lijkt haar een vergissing.

Ze probeert de gezichten weer voor zich te zien, van Thea, van Nora, en van Tamaz, hun gelaatstrekken zijn vaag. En hun stemmen? Alleen die van Tamaz weerklinkt nog. De stemmen worden het eerst uitgevaagd. Dat doet pijn, maar wat nog meer pijn doet zijn de momenten waarop ze je op slag weer te binnen schieten, vluchtig maar zo helder als een glasscherf. De telefoon gaat. Ze heeft geen zin om op te nemen. Ze blijft liever stil waar ze is. Ze heeft vaak de voorkeur gegeven aan onbeweeglijkheid. Haar voorliefde voor overpeinzingen en dromerijen heeft tot haar ziekte geleid. Haar ziekte past bij haar. Dat ziet zij als een troost. Soms versmelten werkelijkheid en verbeelding, heden en verleden in die onbeweeglijke wereld. Dat is waar ze altijd naar heeft verlangd. Dat haar verschillende levens één geheel vormen.

Je moet niet zo zitten te nietsen, zei haar vader altijd. Hij gaf haar op haar duvel en verplichtte haar iets te gaan doen.

Een hand wordt op haar schouder gelegd. Ze schiet omhoog.

Liet ik je schrikken? Neem me niet kwalijk, zegt Salomé, we hebben meerdere keren gebeld en je deed niet open, gelukkig heb ik de sleutel.

Jullie zijn al klaar, zegt zij.

De drie dochters van Nestane zijn donkerharig, klein,

hun schoonheid is legendarisch in de Georgische gemeenschap. Ze lijken veel op elkaar, hoewel ze toch heel verschillend zijn. De mensen krijgen er geen genoeg van hen met elkaar te vergelijken, idiote vergelijkingen, er zijn fervente Tami-aanhangers, Éliko-bewonderaars en anderen die alleen maar oog hebben voor Salomé.

Als je het niet erg vindt, ga ik niet meer langs huis, ik blijf hier tot vanavond, zegt Éliko.

Ik ook, zegt Tami.

Ik blijf niet, zegt Salomé, ik moet me nog omkleden.

Ze had graag nog een beetje alleen willen zijn voor het feestje, maar dat kan ze niet tegen hen zeggen. Éliko en Tami zijn al gekleed. De een draagt een zwarte lange bloes op een zijden broek. De ander een kleurige jurk. Salomé is in spijkerbroek. De bovenste knoop ervan heeft ze opengedaan. Ze is zwanger.

Tami, je zou van de gelegenheid gebruik kunnen maken je kleren voor het huwelijk van Éliko te passen, zegt zij.

Hè nee, zucht Tami. Geen zin in.

Je zult die jurk toch een keer moeten passen, als je wilt dat ik hem nog op tijd inneem.

Ik ga nog afvallen, voert Tami aan.

Hou toch op, zegt Salomé, je gaat vóór de bruiloft niet meer afvallen.

En waarom niet? Het is pas over een maand.

Ze gaat de jurk halen die ligt opgeborgen in het buffet, achter de naaimachine. Het is geen zelfgemaakte, ze heeft hem op Tami's verzoek alleen veranderd. Éliko gaat thee zetten. De vrouwen in haar familie houden ervan bij een kop thee eindeloos om de tafel te zitten praten.

Te zitten kletsen liever gezegd, grapt Rézico vaak, maar zij trekken zich niets van zijn plagerijen aan. Veel belangrijke dingen hebben zich in dit vertrek afgespeeld, rond deze tafel, onder het mom van samen theedrinken, gebakjes eten, iemands haar knippen of andere kleine geneugten. Sinds enige tijd is Éliko's huwelijk het hoofdonderwerp van de zittingen. Ze trouwt met een jongen van Griekse komaf, wat een orthodox huwelijk in de Griekse kerk mogelijk maakt, met alle feestelijkheden vandien. Vóór Éliko zijn anderen, haar kleinkinderen of die van haar neven en nichten, onder even grote commotie in het huwelijk getreden, na lange uren van voorbereidingen, discussies, ruzies soms, over de plaats en de manier waarop de huwelijken zouden worden gevierd. Salomé had als enige geweigerd naar de kerk te gaan, ze verkoos een burgerlijk huwelijk in een jurk van paars velours die zij voor haar op maat had gemaakt. Ze is er trots op dat ze heeft getekend voor de bruidsjurken van alle meisjes, stuk voor stuk unieke exemplaren. Nu zou ze er niet meer de kracht voor hebben. Het lukt haar met moeite een jurk te vermaken. Ze herinnert zich haar werken als evenzovele trofeeën waarmee ze niet kan zwaaien en die alleen hier binnenskamers voortleven.

Sommigen hebben verraad gepleegd door in de Russische kerk te trouwen.

Die is een stuk mooier dan onze Georgische kerk, die op een kelder lijkt, zeiden de verraders, je kunt niet in een kelder trouwen.

Het is waar dat de nieuwe kerk geen aanlokkelijk oord is. De mooie parochiekerk in de rue François-Gérard met zijn tuintje bestaat niet meer. Pater Mélia, illustere figuur in de

Georgische kolonie, had moeten uitwijken naar het vijftiende arrondissement. De nieuwe kerk is ingericht in een
zaal in het souterrain van een flatgebouw. Toch is het hun
kerk, sommigen halen hun neus er niet voor op er hun huwelijk te laten voltrekken. Ze zien elkaar daar terug voor iedere mis, die eindigt met zoenen, omhelzingen en gebab-
bel, als dat niet al voor het einde van de dienst begint. Voor
men zich naar de begraafplaats van Leuville begeeft, worden daar de begrafenisplechtigheden gehouden, begeleid
door een Georgisch koor – vaak samengesteld uit amateurs
die inderdaad niet het niveau bereiken van het Russische
koor in de rue Daru, maar het zijn Georgische stemmen.

De Griekse kerk is een mooi compromis. De begripvolle
priester vindt het zelfs goed dat ze hun zangers meenemen.
Het ritueel is orthodox, de gezangen zijn Georgisch en het
patriottisch gevoel is gered.

Kindergehuil klinkt. Ze roept uit: Sandriko is er!

Hij sliep, zegt Salomé.

Tami gaat de reiswieg halen waarin haar zoon van zeven
maanden zojuist wakker is geworden. In de armen van zijn
moeder stopt de baby meteen met huilen.

Kiekeboe, Sandriko, zegt Éliko terwijl ze zich naar hem
toe buigt.

Hij lacht breeduit naar haar. De baby wordt op haar
schoot gezet.

Pas op, ik heb een naald in mijn hand, zegt ze.

Ze voelt nog juist de zachte huid van een wang die haar
arm raakt.

Hij heeft honger, zegt Tami terwijl ze een borst ontbloot.

Is het zijn voedingstijd? vraagt Salomé.

Dat maakt haar geen barst uit, zegt Éliko, ze geeft hem wanneer hij erom vraagt.

Dat kan nooit goed gaan, zegt Salomé. Op zijn leeftijd moet hij vaste voedingstijden hebben.

Laat me toch, zegt Tami. Als ik dat nou prettig vind.

Maar zou je er toch niet over moeten denken met de borstvoeding te stoppen? zegt zij. Het is prachtig, maar hij is nu groot.

Ik stop wanneer ik het gevoel heb dat het tijd is om te stoppen, antwoordt Tami.

Je moet er niet van opkijken wanneer je niet afvalt, zegt Éliko.

Ze kijkt naar het plaatje dat Tami en de baby vormen. Die aanblik ervaart ze als pijnlijk. Ze begrijpt niet waarom. Ze hield ervan Rézico en Nestane de borst te geven. In wat haar een ander leven toeschijnt.

Het is helemaal niet prettig dat je deze blocnote laat rondslingeren, Tamouna, zegt Salomé.

In de blocnote in kwestie heeft ze de maten van alle familieleden genoteerd.

Inderdaad, zegt Éliko, we zitten er niet op te wachten dat iedereen onze maten kent.

Het onthult toch niets strikt persoonlijks, verdedigt ze zich.

Toch neemt ze zich voor het boekje voortaan buiten het bereik van gevoeligheden te houden. Ooit was ze zo onhandig te zeggen dat het voor sommigen gemakkelijker kleren maken was dan voor anderen.

Ik denk dat ik toch nog even terug naar huis ga, zegt Tami.

Komen ze vanavond? vraagt Salomé.

Ja, uiteraard, het is de verjaardag van hun overgrootmoeder, ik wil dat ze er zijn.

Waarom heb je dat niet eerder gezegd? zegt Salomé verontwaardigd. Ik heb tegen Kétino gezegd dat het geen feest voor kinderen was.

Wat maakt het uit, zegt Tami. Hoe dan ook, het is mijn weekend en ik kan geen oppas regelen. Komende zaterdag zijn ze bij hun vader.

Tami is een paar jaar geleden gescheiden. Ze woont nu samen met de vader van haar laatste kind.

Mag ik even met je mee? vraagt Éliko.

Als je wilt, antwoordt Tami. De kinderen zullen blij zijn je te zien.

Neem Kétino mee, zegt zij tegen Salomé, want ze merkt dat die plotseling treurig en bitter gestemd is.

Nee, pech gehad, antwoordt die. Ik heb het al anders geregeld.

TAMAZ IS BIJ de zuivelwinkel langs geweest, hij zocht je, zegt Daredjane.

Tamaz? Welke Tamaz?

Jouw Tamaz, zegt Thea en ze kijkt me met grote ogen aan.

Die in het zuiden woont, voegt Eka eraan toe.

Ik leun met mijn rug tegen de muur van de winkel.

Waarom nu?

Even ben ik bang dat ik werkelijk een brief heb gepost. Wat onmogelijk is. Het zijn geen brieven. Ik schrijf ze in een schrift dat ik op een geheime plaats bewaar.

Hij is op doorreis in Parijs, hij komt zo nog een keer langs, je hoeft alleen maar een afspraak met hem te maken.

Oké.

Je gaat hem toch niet ontmoeten? zegt Eka. En Badri dan?

Eka, bemoei je er niet mee, zegt Thea.

Badri heeft er niets mee te maken, zeg ik. Tamaz is een oude vriend.

Ik kan niet wachten. Ik maak voor dezelfde dag een afspraak met hem in de jardin du Luxembourg waarover ik hem in mijn verbeelding zo vaak heb verteld. Ik sta heel lang voor de spiegel naar mezelf te kijken. Hoge jukbeenderen, grijze ogen die dag, amandelvormig. Een beetje lange neus misschien, maar een die me een zekere charme geeft. Ik glimlach. Mijn glimlach is volmaakt, mijn tanden zijn wit en mooi recht. Ik doe lippenstift op. Ik draag een jurk die ik zelf heb gemaakt. Hij is donkerrood. Hij maakt me slanker. Ik vind mijn decolleté te uitdagend. Ik trek een onderjurk aan om de aanzet van mijn borsten te verhullen.

Ik ben te vroeg en ga op een stoel in de zon zitten. In de buurt van de plek waar mijn vader en ik alweer enkele jaren geleden zaten. Die tijd komt me voor als ver weg. Ik heb er een wond aan overgehouden die niet heelt. Tamaz' schaduw valt over me heen. Hij buigt naar me toe en pakt mijn handen.

Wat ben ik blij je te zien.

Ik antwoord simpelweg: Ik ook.

We hervatten een gesprek dat nooit lijkt te zijn afgebroken. Ik voel geen enkele gêne, waarschijnlijk omdat ik al weet hoe onze afspraak af zal lopen. Hij vertelt me over zijn leven in het zuiden, de nabijheid van de zee en de bergen die hem herinneren aan ons Georgië. Hij volgt een architectuuropleiding. Ik ben de ideale gesprekspartner, zozeer laat ik me door zijn woorden meeslepen. Ik bereid me erop voor veel dingen op te geven. Ik voel er geen enkele bitterheid over. Ik aanvaard mijn lot van vrouw en emigrante. Hij vraagt: En jij, het tekenen? Je schetsen? Wat heb je ermee gedaan? Ik leg uit dat dat na de verdwijning van mijn vader geen prioriteit meer had. Ik werk om Deda te helpen. Thea heeft zich kunnen inschrijven aan de rechtenfaculteit.

En daarbij, zeg ik, moet je een bijzonder talent hebben om je te handhaven in een bestaan als kunstenaar.

Jij hebt een bijzonder talent, zegt hij.

We praten, praten. Het wordt donker, we merken het amper op. Ik ril. Hij trekt zijn jasje uit, legt het over mijn schouders. Waarom neemt hij me niet mee naar een café, waar we het warm zouden hebben? Ik zal het nooit weten. Ik krijg er geen genoeg van naar zijn profiel te kijken, naar zijn dikke zwarte wenkbrauwen, zijn volle lippen waar voortdurend een ironische glimlach om speelt. Ik ben zo bezig hem goed in me op te nemen dat ik me er niet van bewust ben dat ik ook word bekeken.

Weet je, zegt hij tegen me, ik ben in Batoumi vaak voor jullie huis gaan zitten. Ik bleef er urenlang, zonder me te verroeren. Ik luisterde naar jullie kreten. Jullie praatten luid. Ik herinner me de stemmen van je grootouders. Ik staarde naar het raam van jullie kamer, en naar het dakvenster, waarvan je me had gezegd dat je erdoor naar de hemel keek.

Bespioneerde je me?

Ja, ik bespioneerde je. Ik geloof dat ik elke steen, elk detail van jullie huis ken. Als ik mijn ogen dichtdoe zie ik voor me hoe het was.

Ook ik zie weer even het huis voor me, zoals het was. Ik hoor de stemmen weerklinken, daarna verdwijnt alles weer. Zijn handen heeft hij op de mijne gelegd, ik verstrengel mijn vingers met de zijne.

Batoumi was het laatste Georgische bolwerk dat door de bolsjewieken werd ingenomen, zegt hij.

Ik heb het gehoord.

We zwijgen, zijn vingers strelen de mijne. Georgië waart om ons heen, dat is misschien wat ons bindt. De stilte maakt me bang.

Sommige dingen zijn onverwoestbare steunpilaren onder ons bestaan, zeg ik, het is er, wat er ook gebeurt, en zolang we ons er bewust van zijn, kan niets het ons afnemen.

Dat is wat ik voor jou voel, zegt hij tegen me.

Een vreemde warmte doorstroomt me en ik krijg een vaag gevoel van misselijkheid.

Ga met me mee, zegt hij tegen me. Je zult daar gelukkig zijn.

Hij weet ongetwijfeld al dat ik Deda niet in de steek zal laten, en Thea evenmin.

Hij kijkt me strak aan. Ik wend mijn ogen af en trek mijn handen terug uit de zijne. Het is het moeilijkste moment. Ik heb iets te zeggen en laat me daarbij niet onderbreken.

Ik ga trouwen. Hij is Georgisch, hij heet Badri. Ik verwacht een kind.

Hij verstart en staart naar een punt voorbij de bloemperken. Hij zegt niet: Trouw niet, ik zal het kind grootbrengen, ik kan niet zonder jou leven.

Misschien weet hij dat ik te verstandig ben of misschien komt het zelfs niet in hem op. Ik zou het hem hebben kunnen vragen, later, veel later. Om daarover geen twijfels meer te koesteren. Geen twijfels meer koesteren of een gebroken hart hebben, maakt het iets uit?

Ik heb geen spijt van dit moment met jou, zegt hij uiteindelijk.

De betovering is verbroken. We zijn als twee koetsen die weer pompoenen zijn geworden. Ik zeg het hem om de spanning te breken. Hij glimlacht niet. Hij staat op. We zijn in ieder geval koetsen geweest, zegt hij, dat is wat telt, vergeet het niet.

Hij buigt naar me toe, zijn lippen beroeren mijn wang, en daarna mijn nek, hij strekt zijn hand naar me uit, laat die vallen en gaat er met grote passen vandoor. Ik blijf op de stoel zitten, midden in het park. De fluitsignalen van de parkwachter klinken in de verte.

ZE SCHRIKT OP van een sleutel die in het slot wordt omgedraaid.

Wat zit je daar in het donker? vraagt Nestane. Gaat het, mama?

De avond begint te vallen.

Ja hoor, ik had behoefte aan rust. Ik ben zeker ingedommeld.

Nestane doet alle lampen aan.

Kun jij het zuurstofapparaat wegzetten in mijn slaapkamer? vraagt ze.

Heb je het niet meer nodig? zegt Nestane.

Nee.

Een ogenblik denkt ze dat ze het werkelijk zonder zou kunnen stellen. Als ze maar niet zo bang was om te stikken. Doodgaan in haar slaap, dat zou ze het liefste willen. Maar tot de zomer volhouden. Die warmte voelen, die geur op haar huid.

Nestane heeft zich omgekleed, ze draagt een donkerrood ensemble en hoge hakken. Ze ziet er prachtig uit.

Je ziet er mooi uit, zegt ze tegen haar.

Het wordt tijd dat jij je ook omkleedt, zegt Nestane. Wil je dat ik je help?

Ik red me wel.

Ze staat op. Terwijl ze naar haar slaapkamer loopt voelt ze zich als een veroordeelde. Veroordeeld getuige te zijn van het zieltogen van de enige liefde in haar leven.

Ze kleedt zich uit en trekt de jurk aan die op het bed ligt. Vervolgens gaat ze naar de badkamer, parfumeert zich en maakt zich op. Ze heeft geen vaste hand, ze moet twee keer opnieuw beginnen. De deurbel klinkt herhaaldelijk, de gasten beginnen te arriveren. Ze spitst haar oren. Hij is er nog niet. Anders zou ze het weten. Ze begint te trillen, zo erg dat ze op de rand van het bad moet gaan zitten. Ze zou daar kunnen blijven, nooit het vertrek verlaten. Dat trillen, hoe belachelijk. Ze strijkt de stof van haar jurk glad om haar handen stil te krijgen.

Waar is de koningin van de avond? klinkt het.

Waar is het oude mens? roept Gougou.

Hij klopt op de deur, die op een kier staat, en komt binnen zonder op haar reactie te wachten.

Wat zit je daar te doen op die badkuip? vraagt hij.

Sinds een paar jaar loopt, zit, slaapt, leeft Gougou half dubbelgevouwen. Om zijn gezicht te zien moet je je vooroverbuigen. Hij heeft geen haren meer, hij is een beetje aangekomen. Hij is weer het bolwangige kind geworden dat hij was.

Ik kom, zegt ze.

Ze steunt op zijn kromme rug, hij loopt met behulp van een wandelstok. In die wonderlijke opstelling lopen ze de woonkamer in.

Daredjane en Stanko zijn geïnstalleerd in de fauteuils, een glas in de hand. Tamaz zal wel te laat komen. Ze heeft vast nog even respijt.

Gaumarjos! Lang zal ze leven! roepen Daredjane en Stanko terwijl ze in volmaakte harmonie hun glazen heffen.

De deur van haar slaapkamer is uit zijn hengsels gelicht en op twee schragen in de lengte van de kamer geplaatst. De tafel is gedekt.

Hebben ze je geholpen met tafeldekken? vraagt ze aan Nestane.

Ja hoor, maak je geen zorgen, antwoordt haar dochter.

We kunnen er nooit met zijn allen aan zitten, merkt Daredjane op.

Och jawel, we redden ons wel, er zijn altijd laatkomers, en dan nog degenen die niet aan tafel blijven of zich met de kleintjes bezighouden, het zal best gaan, zegt Salomé.

Ze laat zich op de bank vallen. Stanko en Daredjane buigen voorover om haar te kussen, ze keert hen haar wang toe.

Hou je benen in de gaten, zegt Gougou.

Wat? zegt Daredjane.

Ik heb het tegen Tamouna, zegt hij.

Gougou laat geen gelegenheid voorbijgaan haar te wijzen op haar verkeerde houding wanneer ze zit – de benen uit elkaar.

Ze klemt haar knieën tegen elkaar en grijnst naar hem, hij grijnst terug. Daredjane haalt een spiegeltje uit haar tas en doet opnieuw lippenstift op, haar hoofd wiegelt bij elke beweging die ze maakt, een soort parkinson die een paar jaar geleden is begonnen. Dat neemt niet weg dat ze vasthoudt aan haar lippenstift.

Waar is je dochter? vraagt ze aan Daredjane.

Haar handen beginnen weer te trillen. Ze zet haar glas weg en slaat haar armen over elkaar. Ze had Tamaz liever nooit teruggezien. Nu weet ze het zeker.

Ze zet de auto weg, antwoordt Daredjane.

Je dochter heeft geen groot talent voor inparkeren, zegt Gougou.

En jouw zoon is niet eens in staat jou ergens naartoe te rijden, bitst Daredjane terug.

Mijn nicht kan uitstekend parkeren, het is gewoon een macho-opmerking, zegt Nestane.

Gougou barst in een bulderend gelach uit, en neemt Nestane in zijn armen.

Staak het vuren, genatsvale. Versta je nog steeds Georgisch?

Ze zal wel moeten, zegt Daredjane. We zijn nog niet dood.

De bel gaat, ze verstart en houdt niet langer haar armen over elkaar. De dochter van Daredjane komt het vertrek binnen.

Gefeliciteerd met je verjaardag.

De deur houdt niet meer op met open- en dichtgaan. De kamer zit vol. In het drukke in- en uitgeloop herwint ze haar kalmte. Ze zijn er allemaal. Haar kinderen, haar kleinkinderen, haar achterkleinkinderen. Haar nichten en neven, hun kinderen, hun klein- en achterkleinkinderen. De mannen en vrouwen van een ieder. Een rookwolk hangt boven het gezelschap. Het geeft haar een wonderlijk gevoel van welbehagen.

We zouden moeten proberen niet te roken, voor Tamouna, zegt iemand.

De opmerking wordt onthaald op een golf van protest.

Laat ze, zegt zij. Ik heb mijn portie sigaretten toch wel gehad.

De kinderen zijn er ook nog.

Er bestaan babysitters, zegt Salomé, jullie hoeven ze niet per se mee te nemen.

Fijn voor je als je het geld hebt, wij hebben het niet, zegt Tami, en daarbij zijn sommigen geen kinderen meer. Ze wilden graag mee.

Een paar minuten later houdt Salomé de kleine Sandriko in haar armen en wiegt hem teder terwijl ze 'Souliko' zingt. Niemand lijkt zich ooit wat aan te trekken van de onenigheden.

Hij lijkt op Irakli, vind je niet dat hij iets van Irakli heeft? zegt de dochter van Daredjane.

Ja, dat is waar.

Irakli is een paar jaar terug overleden. Hij stond op de bus te wachten. Zijn hart hield ermee op en hij viel neer zonder zich te realiseren dat hij stierf. Een mooie dood.

Hij lijkt vooral op Nestane, zegt de dochter van Irakli.

Misschien, dames, lijkt hij ook een beetje op mij, zegt de vader van de baby geestig.

Natuurlijk, roepen ze.

Heerlijk die *chatsja*, zegt iemand.

Laat nog een gaatje over voor de lobio en de kip.

Laten we aan tafel gaan. Onder luid gestommel schuiven sommigen aan, anderen staan op of blijven rond de salontafel zitten.

Tsiala komt binnen, gevolgd door een grote zwarte jongeman.

Dit is Mathieu, zegt ze tegen niemand in het bijzonder.

Dag Mathieu.

En dit is mijn grootmoeder, zegt Tsiala terwijl ze Mathieu in haar richting duwt.

Hij steekt zijn hand uit, zij reikt hem de hare en trekt hem naar zich toe om hem te kussen.

Ik heb veel over je gehoord.

Achter hem kijkt Tsiala haar berispend aan.

Je had je wel kunnen kleden voor vanavond, zegt Rézico tegen Tsiala.

Me kleden? Maar papa, voor een verjaardag draagt niemand toch nog avondkleding.

Je wordt bedankt, zegt Tami. Ik heb een jurk aangedaan.

Ieder doet wat hij wil.

Ga eens opzij, zegt de dochter van Daredjane, ik moet me even verstoppen.

Je verstoppen?

Ik wil liever niet hoeven praten met de vriendin van Rézico.

Waarom niet? vraagt Tsiala terwijl ze haar een vernietigende blik toewerpt.

Ik was je moeders vriendin, dat ben ik haar wel verschuldigd.

Daar ben ik het mee eens, zegt een stem.

Dat lijkt me wat overdreven, jullie zijn in de eerste plaats papa's nichten, zegt Tsiala, en daarbij zal het mama worst wezen.

Bovendien hebben jullie geen manieren, zegt Salomé.

Mama, kom aan het hoofd van de tafel zitten, roept Nestane.

Ze gaat zitten tussen Gougou en Stanko. Stanko is aangesloten op een zuurstoffles die op een karretje is geplaatst dat hij met zijn hand achter zich aan trekt. Een ademhalingsziekte die op die van haar lijkt, in een minder vergevorderd stadium. Met zijn vrije hand houdt hij een sigaret vast. Hij heeft zijn dikke haardos behouden, die nu een bos woeste witte lokken is geworden.

Wat een waanzin, zegt Daredjane voor de zoveelste keer, doelend op de sigaret.

Hij legt haar met een handgebaar het zwijgen op. Ze zijn meer dan vijftig jaar getrouwd.

Ze bedenkt dat als Tamaz op dit moment aanbelt, hij haar aan zal treffen gezeten tussen een ouwe man met een kromme rug en een andere aan een beademingsapparaat. Ze hadden haar wel een plaatsje kunnen geven tussen wat jongere lieden.

En Tamaz? vraagt Nestane.

Zou Tamaz komen? zegt Stanko.

Jullie weten hoe Georgiërs zijn, zegt zij, hij komt vast niet.

Ze kruist Stanko's blik en heeft het gevoel dat hij ziet wat er in haar omgaat.

Ze begint te transpireren. Ze drukt haar handen tegen elkaar, voelt dat ze vochtig zijn. Ze schaamt zich.

Of hij is dood, zegt Daredjane. Dat staat ons nu allemaal te wachten.

Mama, dat is niet grappig, zegt haar dochter.

Gougou tikt met een vork tegen zijn glas om het stil te krijgen. Hij is de tamada. Een tafelmeester die niet rechtop kan gaan staan, het zou een komische scène kunnen zijn in een film. Ze heffen hun glas op haar verjaardag, op haar gezondheid. Met een *Alaverdi!* geeft Gougou Stanko het woord: het is nu aan hem een toost uit te brengen op elke tafelgast. Gaumarjos! Ze werpt een blik op de klok. Tien over tien. Hij komt niet. Ze kijkt naar Tsiala en Mathieu. Ze zitten tegenover elkaar en kunnen hun ogen niet van elkaar afhouden.

Hij is wel erg zwart, hè? zegt Daredjane.

Wat? Wie? vraagt ze.

Hij is mooi, zegt Tami.

Maar toch, pruttelt Daredjane.

Gougou geeft haar een knipoog, ze moet lachen.

Gougou eet tegenwoordig in ieder geval wel netjes, zegt Stanko, als hij ziet hoe deze over zijn bord gebogen zit.

Ze lachen.

Wanneer maak je een reportage over Georgië? vraagt Daredjane aan Salomé.

Ik heb net illegalen gefilmd.

O ja, ik heb het gezien.

Het was niet slecht.

Jullie zouden me er wel iets over kunnen zeggen als jullie het hebben gezien, zegt Salomé.

Illegalen zijn niet erg boeiend.

Het gaat over emigratie.

Mag ik jullie eraan herinneren dat wij ook uit de emigratie zijn voortgekomen.

Dat kun je niet vergelijken, dat was een andere tijd.

Hoezo, dat was een andere tijd?

Frankrijk kan niet iedereen opnemen.

Alweer die fascistische praat...

Welke fascistische praat?

Stil allemaal, ik breng een toost uit.

Stanko staat op. We heffen onze glazen. Op Georgië deze keer. Gaumarjos! We zingen het gebruikelijke lied, een *mraval jamier*.

IN DE JAREN dertig gaan we vaak dansen. Nora en Pierre slepen ons mee, Badri en mij. Ze komen ons soms halen om iets te drinken in Russische danstenten. De zigeunerliederen brengen ons in een roes van melancholie. Dat delen we gevieren, een wond die verpleging behoeft en die we proberen te verbergen. Nora en Pierre zijn getrouwd. Ik was hun getuige, Nora was de mijne. Onze kinderen zijn van dezelfde leeftijd. Nora heeft drie dochtertjes. Drie jaar na Rézico is Nestane geboren. Mijn moeder woont bij ons, in het kleine appartement in het vijftiende arrondissement. Thea heeft het kort voor mijn huwelijk verlaten. Deda slaapt nu met de kinderen in de slaapkamer. Badri en ik hebben haar plaats in de woonkamer ingenomen. We praten Georgisch onder elkaar, ik sta daarop opdat de kinderen niet vergeten, ze zullen toch een beetje vergeten, ik zal er niets tegen kunnen doen. Ik werk nog steeds als kleedster. Deda werkt niet meer, ze wijdt zich geheel aan de kinderen. Voor hen heeft ze een ander type bezigheid gevonden. Ze leent geld dat ze niet zal kunnen terugbetalen. Ze heeft een netwerk van oude bondgenoten met wie ze door de jaren heen contact heeft gehouden en die niets liever willen dan de zo dappere, zo stralende, zo genereuze Deda helpen. Hun neem ik niets kwalijk. Ze koopt een nieuwe jas voor Rézico, een paar schoenen voor Nestane. Stevige biefstukken die ze absoluut noodzakelijk acht voor de gezondheid van de kinderen. Ik keur het af, dat weet ze, maar ze gaat er achter mijn rug mee door. Badri weet niet wat zijn schoonmoeder allemaal bekokstooft, of doet alsof hij het niet weet. Hij heeft een betrekking gevonden in een garage, niet ver van huis. Als hij thuiskomt, ruikt hij naar benzine. Ik verplicht hem soms een tweede douche te nemen voor hij in bed komt, maar de lucht verdwijnt niet. Ten slotte gaat die deel uitmaken van ons leven. Hij begint 's nachts te werken. Dat vind ik prettiger, hij komt vroeg in de ochtend thuis, op het moment dat ik opsta voor de kinderen. Hij strijkt even liefkozend zijn hand over hun hoofden.

Bah, je ruikt naar benzine, papa, zegt Nestane.

Hij neemt met tegenzin afstand. Ik probeer Nestane en hem dichter bij elkaar te brengen, maar ze doet me na en roept tegen wie het maar horen wil dat ze ziek wordt van die benzinelucht. Rézico daarentegen kijkt uit naar de plaatjes die het benzinestation aan zijn klanten uitdeelt. Zijn vaders zakken zitten er vol mee. Zondag is de enige dag dat we ons bed delen. Die dag ben ik zijn vrouw. Ik zet me ertoe met alle tederheid waar ik toe in staat ben. Eigenlijk voel ik me als een steen die van zijn sokkel zou moeten komen. Zit er al een beetje beweging in? Er gaat een trilling doorheen en vervolgens valt hij met zijn volle gewicht terug op dezelfde plaats, misschien nog onverzettelijker dan daarvoor.

Misschien is hij geen goede minnaar, zegt Nora tegen me, hou op met het jezelf kwalijk te nemen.

Ik weet het niet, ik heb geen vergelijkingsmateriaal.

Ik lieg, ze weet het. De kussen van Tamaz alleen al bieden vergelijkingsmateriaal. Er schort iets aan, maar met die constatering moet ik genoegen nemen. Dat is voor ons allen het enige wat me te doen staat. Ik praat niet meer over Tamaz met wie dan ook. Ik ben de vrouw van Badri en ik wil een goede echtgenote zijn.

Ik ben hard, zeg ik tegen Nora, mijn man is aantrekkelijk, jij zegt het zelf. Ik wil niet die harde, koele vrouw zijn.

Jij bent niet de vrouw die je beschrijft, zegt Nora glimlachend.

Ze knijpt in mijn heupen en wangen.

Je ziet er anders heel aantrekkelijk uit, vind ik.

Ze kietelt me, uiteindelijk moet ik lachen.

Je man hangt de charmeur uit, zegt ze tegen me, overal waar hij gaat wil hij graag dat ze hem leuk vinden, hij is een verleider, dat zie jij niet eens. Hou op jezelf schuldig te voelen. Zulke mannen zijn niet altijd de beste minnaars.

Ik luister niet echt naar haar.

Deda kust mijn kinderen meer dan ik, zeg ik, niet dat ik ze niet kus, maar ik heb een bepaalde terughoudendheid. En toch hou ik van ze, als je eens wist hoe ik van ze hou.

Natuurlijk, zegt Nora.

Nee, zo natuurlijk is het niet. Jij kust me ook, je omhelst me. En ik? Wat voor vriendin ben ik dat ik je niet mijn genegenheid toon?

Schei uit, zegt Nora, ik heb geen betere vriendin dan jij. Ik heb je gekozen zoals je bent.

Luister, Nora. Vannacht had Nestane een nachtmerrie, ik stond op, ze was al vlug bij Deda in bed gaan liggen.

Dat is normaal, ze liggen in dezelfde kamer.

Laat me uitpraten. Ik keek naar ze door de kier van de deur. Nestane lag tegen mijn moeder aan gevlijd, al huilend zei ze steeds: Bebia, Bebia. Deda hield haar in haar armen, streelde haar. Ik had het koud. Ik had terug naar mijn bed moeten gaan, maar ik keek naar ze zonder me te kunnen bewegen en ik begon te huilen. Ik die nooit huil, ik heb zo gehuild dat mijn tranen over mijn wangen stroomden en het parket nat maakten. Ik zou ze op geen enkele manier hebben kunnen bedwingen.

Bebia en Babou zijn nu vast dood. Ik zal nooit weten hoe ze zijn gestorven en ik was er niet om ze in mijn armen te houden.

Nora neemt mijn hand en houdt hem stevig vast.

Zie je wel, zeg ik, ik geef je mijn hand, maar ik vind het geen prettig gevoel, ik zou hem terug willen trekken. Vandaag heb ik al geen tranen meer. Ik hield Bebia's hand vast. Ik was toen teder, ik was zacht. Ik voel me zo hard, Nora, ik voel me zo hard dat het me pijn doet.

Nora laat mijn hand niet los, ze slaat haar armen om me heen, ik laat haar begaan.

Je bent me zo dierbaar, ik heb zoveel geluk dat ik jou heb, zegt ze tegen me. We hebben allemaal geluk dat we jou hebben.

We gaan op de hoek van de straat uit elkaar, ik pak haar nog even vast en zeg zacht: Ik hou van je, Nora.

Ik ook van jou, antwoordt ze.

Thea is niet getrouwd, ze woont samen met een man die ouder is dan zij. Steeds als hij haar ten huwelijk vraagt, herhaalt ze haar nee.

Waarom sla je zijn aanzoek af? Hij wil je zijn bescherming bieden, zeg ik tegen haar.

Bescherming tegen wat? zegt ze tegen mij. Ik heb nooit bescherming gehad. Ik hou van hem, weet je.

Ze staat op het punt de eed af te leggen om advocaat te worden. Ik ben trots op haar. Ze zou wel kinderen willen maar het lukt haar niet ze te krijgen. Ik spoor haar aan naar een dokter te gaan, maar zij zegt dat je het op zijn beloop moet laten, dat het komt zoals het komt. Ze bezoekt ons veelvuldig. Badri is steeds vaker afwezig. We leven bijna gescheiden, hij slaapt bij zijn moeder in le Vésinet. Ik vermoed het bestaan van een andere vrouw. Ik ben niet jaloers. Ik voel me in de steek gelaten. Thea speelt onvermoeibaar met Nestane en Rézico. Thea is hun favoriete speelkameraad, ze gaat met ze op de grond liggen, neemt ze op de rug, speelt treintje in het piepkleine appartement. Toetoet, roept ze, op naar Tbilisi, op naar Batoumi, we gaan naar zee, we gaan naar de bergen.

Op een avond kom ik thuis van mijn werk, Deda wacht me op in de deuropening, ik schrik van de uitdrukking op haar gezicht.

Wat is er? Is er iets met de kinderen gebeurd?

Het is Thea, zegt Deda, ze is weer gevallen.

Hoezo, weer?

Thea is verschillende keren gevallen, op straat, in de metro, op de universiteit, en ze hebben het voor mij verborgen gehouden.

Wees niet boos, fluistert Thea. Ik wilde je niet ongerust maken.

Ze ligt op de slaapbank in de woonkamer.

Hebben jullie een dokter gebeld?

Valiko komt.

Valiko was een van de beste vrienden van onze vader, hij was dokter in Georgië en is na ons naar Parijs gekomen.

Misschien zouden we een andere dokter moeten laten komen.

Ik lees in hun ogen dat daar geen sprake van is.

Je leidt een te jachtig leven. Je gaat te veel uit, je moet beter op jezelf passen, zegt Deda.

Thea houdt van uitgaan, ze sleept me vaak mee, we dansen de charleston, we zijn er heel goed in.

Thea glimlacht.

Waar heb je pijn? Waarom val je?

Ik weet het niet, antwoordt ze me, ik heb nergens pijn, het is als een grote vermoeidheid, mijn benen begeven het opeens.

Je zult wel vitaminen nodig hebben.

Nestane en Rézico komen de kamer binnenstormen.

Kom met ons spelen, Thea, roepen ze.

Ze klimmen op de slaapbank, klimmen op Thea.

Vandaag niet, zegt Deda, ze moet rusten.

Maar ik wil wel graag een kus, zegt Thea. Ze omhelzen haar met hun kleine armpjes en drukken kussen op haar wangen.

Jasses, dikke natte kussen, zegt ze, terwijl ze ze afveegt.

Ze schateren het uit. Ik breng ze naar de slaapkamer.

Valiko is er snel, hij kust ons alle drie.

Wat een mooie meisjes, zal ik jullie maar meenemen? zegt hij.

Hij legt zijn hoed op het bed en gaat bij Thea zitten. Deda slaakt een kreet, ik zucht en haal snel de hoed van het bed.

Dat brengt ongeluk, zegt Deda. Ik lach om haar bijgeloof, maar tegenwoordig ben ik er snel bij als iemand een hoed op een bed legt of me het zout direct in de hand aangeeft.

Valiko onderzoekt Thea.

Ik zie niets ongewoons, zegt hij, maar je lijkt een beetje koorts te hebben.

Hij stelt ons vragen over haar valpartijen. Wanneer? Hoe? Sinds wanneer?

Het is dus niets? vraagt Deda.

Ze gaat veel uit, zeg ik.

Valiko geeft Thea een knipoog.

Gelijk heb je, je moet een man vinden, zegt Valiko, die doet alsof hij niet van Thea's echtelijke situatie op de hoogte is.

Ze heeft aanbidders, maar ze wil niets van een echtgenoot weten, zegt Deda, ze is zo koppig als een ezel.

En ik dan, zegt Valiko terwijl hij zijn bovenlichaam opricht, zie je niet hoe mooi ik ben?

Je bent inderdaad mooi, zegt Thea lachend. Maar mijn hart is al veroverd.

Hij staat op, we gaan om de tafel zitten en en hij krijgt een kopje koffie.

Het is vast niets, zegt Valiko, een aanval van vermoeidheid, zoals je al zei, Tamouna, maar ik denk dat ze naar het ziekenhuis moet om een paar onderzoeken te laten doen.

Voor hij vertrekt laat hij onopvallend een paar biljetten in een vaas glijden die op het buffet staat. Ik heb hem daar nooit van kunnen weerhouden. Het is zijn manier om ons te helpen. En inderdaad, het helpt ons.

Ik loop met hem mee naar de trap en fluister: Denk je dat het ernstig is?

Nee, niet ernstig, zegt hij, maar je valt niet zomaar zonder reden, we moeten weten wat er aan de hand is. Breng haar naar het ziekenhuis. En maak je geen zorgen, genatsvale, ze moet rust hebben.

Thea wordt op een zomermiddag in het ziekenhuis opgenomen. Wij brengen haar weg, mijn neven en nichten en ik. De kamer waarin ze wordt ondergebracht lijkt op een gang. De bedden met de zieken staan in rijen opgesteld als in een slaapzaal. Het gebouw is erg sleets, maar ruim en licht. Bijna te licht. Op zonnige dagen komt de lelijkheid nog scherper uit, de ontsierende elementen lijken te worden uitvergroot. Thea wordt steeds moeier. Binnen een paar dagen lukt het haar niet meer te lopen.

Het is zo duidelijk als wat, zegt Daredjane, ze beweegt niet genoeg en ze wordt volgestopt met medicijnen, ik zie niet hoe ze weer op krachten zou kunnen komen, ze wordt juist zwakker.

We moeten haar daar weghalen, zegt Irakli.

Deda, mijn tante en mijn oom laten ons begaan. Ze begrijpen niet veel van de ziekenhuiswereld, snappen de taal van de artsen soms niet. Valiko komt elke dag, maar het lijkt of het hem ook boven de pet gaat. Ik heb medelijden met hem en zijn gevoel van onmacht. Ze kunnen de ziekte waaraan Thea lijdt niet vinden. Ze ondergaat bloedproeven, ruggenprikken, pijnlijke en vernederende onderzoeken. Wij doen ons best haar verblijf gezelliger te maken, we brengen lekkere dingen mee van huis, kussens om haar hoofd en benen te ondersteunen, we lossen elkaar af om haar zo min mogelijk alleen te laten. De hele Georgische gemeenschap trekt voorbij in haar slaapgang. We zingen liedjes voor haar, we wonen bij haar, ieder brengt haar een paar stukjes van het leven buiten.

Ik lijk Doornroosje wel, zegt Thea, een betovering houdt me aan bed gekluisterd en jullie zijn op deze plek net als ik allemaal gedoemd tot onbeweeglijkheid.

Ik glimlach: Goeie god, de kastelen zijn niet meer wat ze geweest zijn, en de sprookjesprinsen evenmin.

Ach ja, de sprookjesprinsen, zegt Thea.

Die van haar staat aan haar zijde. Maar hij kan het niet aan, zijn gezicht is vermoeid en hij lijkt nog ouder.

Ik observeer Thea, ze is bleek, haar gelaatskleur bijna was-achtig, ze is vermagerd, je ziet haar sleutelbenen en ellebogen onder het ziekenhuishemd.

We zouden iets anders voor je moeten vinden om te dragen dan dat hemd.

Je bedoelt voor als er eventueel een sprookjesprins langskomt?

Nee, serieus, Thea, zegt Eka, we zouden wat kleren voor je kunnen meebrengen, ik weet zeker dat dat zou helpen bij je genezing.

Als jullie willen. Ze sluit opeens haar ogen. Ze slaapt in.

We zijn alle zes bijeen in de ziekenhuiszaal. We kijken hoe ze slaapt. We durven ons niet te bewegen en kijken elkaar niet aan, uit vrees voor wat we in de ogen van de anderen zullen lezen.

We kleden haar aan. Ze laat ons begaan.

Je lijkt op een porseleinen pop, zegt Gougou.

Niemand reageert. De artsen vragen de familie te spreken. We besluiten dat Deda zal gaan, samen met mijn oom en tante, en dat Irakli als tolk zal fungeren.

Nee, ik zal vertalen, ik moet bij Deda zijn.

Irakli stemt in en laat me de dokterskamer binnengaan. Thea lijdt aan een ziekte waarvan ik de naam niet onthoud, een ziekte die zich in het bloed verspreidt en waaraan ze uiteindelijk dood zal gaan. Geen enkele behandeling kan de ziekte nog stoppen, dat onthou ik wel. Een stilte volgt op de woorden van de arts. Ik moet reageren, hoe kan ik die woorden vertalen voor mijn moeder? Hoe kan ik degene die al haar man, haar ouders, haar vrienden, haar land heeft verloren, die zich nooit heeft aangepast aan het leven hier, meedelen dat ze nog een beproeving – misschien wel de ergste – te doorstaan heeft? Ik trek mijn gezicht in een plooi voor ik me tot haar wend. Ik zie de ontzetting op haar gezicht en ik hoef geen woord meer te zeggen. Mijn tante begint te brullen, mijn oom probeert haar te kalmeren, Deda vliegt op haar af, grijpt haar bij de schouders.

Hou op, hou op, roept ze, Thea moet je niet horen, ze moet het niet weten.

Het spijt me, het spijt me, *baudichi*, snikt mijn tante terwijl ze Deda in haar armen neemt.

We verlaten de dokterskamer, het ziekenhuis. Mijn neven en nichten voegen zich bij ons. We huilen, geloof ik. Ik huil niet, geloof ik.

Ik kom terug bij Thea.

En, zegt ze tegen me, wat zeggen de artsen? Hebben ze iets gevonden?

Ik sla een opgewekte toon aan.

Ja, je hebt een bloedziekte, een paar medicijnen en je bent weer beter. Maar je moet hier lang blijven om te rusten en de behandeling te ondergaan, dat zal soms moeilijk zijn, we zullen je helpen, we zullen er zijn, we zullen je begeleiden.

Denk je dat ik examen zal kunnen doen? vraagt ze me.

Ik zal informeren, het kan vast schriftelijk of het wordt uitgesteld.

De mensen verklaarden me voor gek dat ik met een ouwe man ging samenwonen, zegt ze, ze dachten dat ik op een dag zijn verpleegster zou zijn. De dingen kunnen raar lopen.

Ik licht de rechtenfaculteit in, en de vrienden van Thea, vele komen haar opzoeken, geven haar hun lessen door, sommige verbazen zich over de drukte om haar heen, over de levendigheid die we daar binnen de muren hebben gebracht.

Heb ik er goed aan gedaan tegen haar te liegen? Ik heb haar niet laten beslissen. Wat had ze met de tijd die haar nog restte willen doen als ik haar de waarheid had verteld? Altijd weer de leugens. We hadden nooit anders gedaan dan liegen. Over de verdwijning van mijn vader, over de mogelijke terugkeer, over onze liefdes. Onze levens zijn niets dan leugens.

Juist op dat moment, met Thea's gezicht zo vol hoop naar me opgeheven, zag ik niet wat ik anders kon doen.

Een hoofdverpleegster vraagt me te spreken. Naast haar glimlacht een jonge collega die voor Thea zorgt me toe. Ik glimlach terug.

Dit kan zo niet doorgaan, zegt de vrouw in het wit tegen me, u bent hier niet thuis, dit ziekenhuis is geen circus, het schijnt dat er zelfs gezongen is.

We vragen altijd aan de andere zieken of ze er geen last

van hebben, ik geloof zelfs dat ze het leuk vinden, en het doet ze vast goed. Heeft iemand zich beklaagd? vraag ik onnozel.

Ik bespeur instemming in de blik van de jonge verpleegster, ze is het heimelijk met me eens maar zegt niets, uit angst voor haar meerdere.

Daar heb ik geen boodschap aan, zegt de hoofdverpleegster zonder op mijn vraag te antwoorden, het druist in tegen het reglement, niet meer dan twee personen per bezoek, en in alle rust.

Luister, mevrouw, mijn zus is nog geen vijfendertig, ze gaat dood, ze is ver van haar geboorteland. We gaan het niet anders doen, we zijn er, we omringen haar, we zingen, zo gaat dat bij ons.

Ik zal de professoren erbij halen, u kunt niet zomaar over mij heen lopen, iedereen gaat hier dood en niemand stelt zulke eisen als u.

Ik moet moeite doen niet de slappe lach te krijgen. Later, als ik de scène aan mijn neven en nichten vertel, schateren we het uit.

Waar gaan we haar begraven? zegt Daredjane.

Niet over praten, zegt Irakli.

Nee, ze heeft gelijk, zeg ik, waar gaan we haar begraven? In Leuville neem ik aan.

Maar als we weer teruggaan? We laten haar hier toch niet helemaal alleen in Frankrijk, zegt Eka.

Geloof je daar nog in? zegt Gougou. Onnozele hals.

Als we ooit teruggaan zal het kerkhof van Leuville vol Georgiërs liggen, ze zal niet alleen zijn, dat kan je van me aannemen, zegt Irakli.

Door een of ander wonder krijgt Nora's man het voor elkaar dat Thea naar een eenpersoonskamer verhuist. Zo kunnen we gemakkelijker ontsnappen aan de toorn van de witte feeks. Thea's krachten nemen af. 's Avonds ben ik met haar alleen. Ze ligt al langer dan een maand in het ziekenhuis. Ze praat bijna niet meer.

Ben je gelukkig geweest met Badri? vraagt ze me.

Haar woorden komen er in een zucht uit, ik moet me vooroverbuigen en geconcentreerd luisteren om haar te verstaan.

Ik geloof het niet. Maar hij is met mij ook niet gelukkig geweest. Ik neem het mezelf kwalijk. We zijn nooit verliefd geweest. We waren zelfs geen vrienden. En jij, Thea? Ben jij gelukkig geweest?

Bestaat het geluk tegenwoordig nog? antwoordt ze.

Ze zwijgt, verzamelt weer kracht.

Ik heb geen kinderen gekregen, zegt ze, ik zal ze niet krijgen. Na mij is er niets meer.

Ik ben er, ik was er en ik zal er zijn.

Het moeilijkste, prevelt ze, is weggaan en jou alleen laten. Alleen met onze kindertijd. En met de herinnering aan papa. Ik dacht dat we met zijn tweeën sterk genoeg zouden zijn om die te bewaren.

Ik pak haar benige hand. Haar lichaam heeft al de blauwe en wasachtige kleur aangenomen die het in de dood zal hebben.

Herinner je je nog het sleuteltje van mijn kastje met poppen? zegt ze tegen me.

Ja.

Ik heb het nog altijd. Het ligt thuis. Wil jij het hebben?

Het lukt me niet haar antwoord te geven.

Ik ben bang, zegt ze nog.

Een traan rolt over haar wang. Ik veeg hem weg met mijn hand, ik zeg nog eens: Ik ben er.

Maar ze is al alleen om wat komen gaat tegemoet te treden. Ik kan niets voor haar doen en dat alleen is al een verdriet.

Ik kijk naar de zak met urine aan mijn voeten. De naald in haar arm die haar gevangenhoudt. Door het raam zie ik de lichtstrepen van de flatgebouwen aan de horizon. De laatste dingen die ze zien zal als ze gaat.

Ze sterft. Twee dagen lang, het hoofd geknikt. Uit de open mond ontsnapt voortdurend een hees gereutel. Het vult de kamer en klinkt door tot het einde van de gang. We wachten, we fluisteren dat we van haar houden. Ik zeg idiote dingen die op het laatst iets van een gebed weg krijgen. Ik praat over Batoumi, over de wind die van zee kwam en haar zo bang maakte. Ik zeg: De storm is over, de zee is kalm, de zon staat hoog aan de hemel, je hoeft nergens bang voor te zijn.

Ik ben bang, ik zou willen schreeuwen: Laat haar niet in het donker achter, ze heeft een nachtlampje nodig.

De priester komt, we steken kaarsen aan, we zingen. De verpleegster rent in het rond, in paniek omdat de vlammen zich onder de brandkraan bevinden. Ze is bang voor een explosie. Dat maakt de kinderen aan het lachen. Irakli, Gougou, Stanko en de vriend van Thea dragen haar kist. Als die in de grafkuil staat bedekken we hem met een beetje Georgische aarde. Nestane en Rézico gooien er voor haar gemaakte tekeningen op. Stanko staat naast me, ik pak niet de hand die hij me reikt. Nora slaat haar armen om me heen maar ik duw haar weg. Elke aanraking doet me pijn. Alleen de kinderen doen me goed. Ik hou stevig hun handjes vast. Badri is er niet. Deda werpt zich op de grond en begint te schreeuwen. Ik kijk hoe Gougou en Irakli haar overeind helpen en de begraafplaats af begeleiden. Niets zal haar pijn kunnen verzachten. Ze zal hoogstens leren die te beheersen.

Na de begrafenis gaan we naar Nora's huis. De hele gemeenschap is daar, we zingen, dansen en praten over Thea.

Het is goed dat we afscheid van haar hebben kunnen nemen, zegt Gougou tegen me.

Ik leg mijn hoofd op zijn schouder en doe mijn ogen dicht.

Na Thea's dood gaat Badri definitief bij zijn moeder, zijn broer en diens vrouw in le Vésinet wonen. Mijn schoonmoeder zou graag willen dat ik me daar bij hen voeg met de kinderen. Ik wil niet. Ze hebben een echt huis, ook al is het bouwvallig, met een tuin vol struikgewas en bramen die de kinderen bepaalde dagen van het jaar tot de hunne maken. Badri heeft zijn vader niet gekend. Die heeft Georgië kort voor zijn geboorte verlaten om de politie van de tsaar te ontvluchten. Hij was piloot in Georgië, een van de allereerste, en verder een bankrover uit politiek idealisme en jeugdvriend of veronderstelde halfbroer van Iosif Dzjoegasjvili, bijgenaamd Stalin, in Gori. Die vader en de mijne waren politieke vijanden toen ze zich tezelfdertijd in Tbilisi bevonden. Die van Badri verachtte de mensjewistische, intellectuele, gematigde en snobistische sociaaldemocraten. Mijn vader was bang voor het ongebreidelde nationalisme van de jonge rode revolutionairen. Badri's vader is een ongrijpbare figuur, een pijnlijke legende voor zijn in de steek gelaten zoon. Later, toen Badri naar Frankrijk kwam om zich bij hem te voegen, trof hij een onverschillige man aan die een kind had gemaakt bij een ander, een tweede zoon. Hij joeg hem weg. Was hij bang voor de mannen van Stalin die zich tegen al diens oude kameraden keerden? Badri heeft hem niet meer teruggezien, heeft zijn naam niet meer willen uitspreken. Hij heeft later zijn halfbroer ontmoet, die ook door hun vader was verlaten. Ik geloof niet dat dat een troost is geweest.

Wij verhuizen ook, ik weet niet meer wie het besluit ertoe neemt. Die vooroorlogse jaren, ze gaan aan me voorbij. Komt het door Thea's dood? Ik herinner me mijn onophoudelijke ongerustheid over de kinderen. Hoe ik mijn best doe vrolijk te zijn.

Er wordt een piepklein huisje in het dertiende arrondissement voor ons gevonden. We hebben een stukje gras en een boom die schaduw geeft, zowel 's winters als 's zomers. In groten getale komen onze Georgische vrienden om de bedden te vervoeren, de paar meubels en voorwerpen die we ten langen leste bezitten. Het zijn sinds Leuville dezelfde, op een paar uitzonderingen na. Opgekalefaterde reisgezellen, die ik vaak een ander kleurtje heb gegeven. Als de kinderen hun vader gaan bezoeken, mis ik ze zo dat het me verbijstert. Ik besef dat ik moet ophouden aan hen te denken. Deda en ik zitten opeens met zijn tweeën. Een moeder en haar dochter. Ik ga uit om te ontsnappen aan die beslotenheid. Ik ga dansen met Nora. We dansen de charleston, zonder Thea.

Nora kondigt aan dat ze gaat scheiden. Ze is niet meer verliefd en kan die gedachte niet verdragen. Het maakt me verdrietig, ik ben aan Pierre gehecht.

Ik hoor over Tamaz via de Georgische kolonie. Hij is architect geworden en met een Française getrouwd die hij heeft meegenomen naar de Verenigde Staten. Hij respecteert mijn stilte of hij heeft die stilte ingesteld, ik weet het niet meer. Ik laat hem niet weten dat Badri en ik uit elkaar zijn.

Vrienden van Nora hebben een huis aan zee. Ze zorgt ervoor dat we er worden uitgenodigd, ik, de kinderen en Deda. We zijn verrukt over het verblijf. Ik heb een eigen kamer, Deda ook, en Nestane en Rézico delen die van Nora's dochters. We hebben tijd voor onszelf en dat is een ons bedwelmende luxe.

Deda wandelt over het strand, met de kinderen. Ze houdt ze bij de hand, ze springen in de plassen die het aflopend tij achterlaat. Ik kijk naar ze vanaf het terras en zie Thea en mezelf terug, in Batoumi, met Bebia in ons midden, onszelf natspattend. Door de vreugdekreten, het geschreeuw van de meeuwen, de lucht van het stuifwater komen vergeten sensaties weer boven. De Atlantische kust heeft niets van de stranden aan de Zwarte Zee. Toch komen de horizon, de zee en de hemel me als eeuwig voor.

De dagen verstrijken met een geruststellende regelmaat. De avonden zijn lastiger. De vrienden van Nora ontvangen bezoek en ik moet converseren, ook al heb ik daar niet altijd zin in. Onder de gasten is een man die meer praat dan de anderen, hij is fotograaf. Nora en ik hebben altijd een hekel gehad aan zijn foto's. Hij maakt een reportage in de streek. Hij vraagt aan Nora of ze voor hem wil poseren.

Voor u poseren? zegt zij. Dat zou ik niet kunnen.

Maar ze gaat er al voor staan.

In andere tijden zouden de gasten me hebben geboeid. Op een avond komt er een man op me af. Hij leidt een galerie die Nora en ik vaak bezoeken.

Ik moet met u praten, zegt hij, uw schetsen zijn erg interessant.

Mijn schetsen?

Nora heeft me uw werk laten zien en ik wil u een voorstel doen, zegt de man van de galerie.

Ik wend me tot Nora, die erg opgewonden lijkt. Ik verlaat beleefd mijn gesprekspartner en neem haar apart.

Heb je mijn schetsen laten zien? Waar heb je die gevonden?

Je moeder heeft ze me gegeven. Jij had het nooit gedaan. Hij vindt ze mooi. Zie je wel, ik heb je altijd al gezegd dat je talent hebt.

Mijn schetsen zijn sinds jaren opgeborgen bij het schrift met brieven aan Tamaz.

Lieve schat, zegt Nora tegen me, je bent er ondersteboven van, ik ben zo blij voor je.

We keren terug naar het vertrek, de man geeft me zijn kaartje, we spreken af dat we elkaar binnenkort in Parijs zullen treffen. Ik ga de kinderen een kus geven, ik dek ze toe, de nachten zijn koeler. In mijn kamer open ik de boekjes met schetsen die Nora me heeft teruggegeven. Ik sla de bladzijden om, perplex. Ik heb na de modeshows modellen getekend, kleren. Sommige lijken me gewaagd. Ik word me bewust van het belang van de mening van een vakman. De toekomst schijnt me veelbelovend toe, ik heb boeken en musea te veel verwaarloosd. Het idee weer te lezen en naar musea te gaan vervult me met vreugde. Maar die wordt bedorven door iets wat me dwarszit. Ik klop op Deda's deur. Haar kamer is er een van een prinses, een privilege waar ze zonder scrupules van geniet.

Deda, er lag bij mijn schetsen een schrift opgeborgen, wat heb je daarmee gedaan?

Ik heb het laten liggen waar het lag, antwoordt ze, waar zie je me voor aan? Je toon bevalt me niets.

Ik kijk of haar gezicht iets verraadt, ze vertrekt geen spier. Ik geloof haar.

Neem me niet kwalijk, ik hecht aan mijn geheimen.

Welterusten, zegt ze terwijl ze opnieuw op haar kussens gaat liggen. Ik keer terug in mijn kamer, ik kruip onder de lakens en doe het licht uit. Niemand neemt mijn moeder nog in zijn armen, en niemand neemt mij nog in zijn armen. We zijn twee in de steek gelatenen, niet in staat elkaar te verwarmen.

Bij het wakker worden zie ik het anders, ik geloof dat Deda en ik elkaar meer bieden dan we denken. Onze wederzijdse steun is onvoorwaardelijk.

Nora poseert voor de befaamde fotograaf. Voortaan is hij er iedere avond, hij leidt de gesprekken en verveelt ons voortdurend met zijn Parijse manieren, zijn opvattingen over de schilderkunst, de fotografie…

Hoe gaat het met je? vraagt Nora me.

Met mij gaat het goed. En met jou?

Ik ben verliefd. Als je eens wist. Jij kent me, je had het al door. Iedere kus van hem zet me in vuur en vlam, goeie genade, wat moet er van me worden?

Je gaat met hem naar bed. Je bent een vrije vrouw.

De uitdrukking op haar gezicht verandert en ze kijkt me indringend aan: Wat is er? Vind je het niet goed wat ik doe?

Natuurlijk wel, als dat je gelukkig maakt. Sorry.

Nee, het is mijn schuld, zegt ze tegen me, na wat je net hebt doorgemaakt. Ik had er niet met je over moeten praten.

Dolblij dat we onze vriendschap van een schaduw hebben verlost, hervatten we onze wandelingen over het strand en genieten van de zeelucht.

Een ruzie barst los tussen de kinderen. We horen geschreeuw, vervolgens gehuil.

Mama, mama, brult de oudste dochter van Nora, Rézico heeft Olga geduwd.

We haasten ons erheen, het kleine meisje ligt op de grond en Rézico staat voor de openslaande deur en draait ons de rug toe.

Goeie god, mijn lieve prinses, zegt Nora, heb je je pijn gedaan?

Ik geloof dat ze niets heeft, zegt Nestane, Rézico wilde alleen de trein terug die hij haar had geleend. Hij deed het niet expres.

Je had Rézico wel zijn trein moeten teruggeven, prinsesje van me.

Ik wil de trein, brult Olga terwijl ze nog harder gaat huilen.

Prinsesjelief, schoonheid van me, zegt Nora. Rézico, alsjeblieft, geef haar jouw trein, zij is kleiner. Ze kan het niet begrijpen.

Ze kan begrijpen dat ik hem haar een tijd heb geleend en dat ik hem nu terugkrijg, zegt Rézico, die een goed ontwikkeld rechtsgevoel heeft.

Ik geef hem een klein teken van verstandhouding en smeek hem met mijn blik zijn trein te geven. Olga's tranen worden nog overvloediger.

Hoe dan ook had je haar niet moeten duwen, zegt Nora, en daarbij, jij bent groter, wat kan jou die trein nou schelen.

Ze brengt zijn trein naar haar dochter.

Bovendien spelen jullie met al ons speelgoed sinds jullie er zijn, zegt haar oudste.

Deda, Rézico, Nestane en ik blijven roerloos in de hal staan.

Het is niet eerlijk, zegt Nestane.

Het is niet erg, lieverds, we boffen dat we hier zijn. Kom, we gaan schelpen zoeken op het strand.

Ik sus heel wat van dit soort scènes sinds onze kinderen groter zijn geworden. Ze gaan niet altijd zo harmonieus met elkaar om als ik met Nora. Ik hecht te veel aan die harmonie om me mee te laten slepen door kleine onrechtvaardigheden.

Tamouna, Daredjane voor je aan de telefoon, roept Nora.

Ik verlaat het terras en ga naar boven om de telefoon op te nemen. Ik ben alleen in de kleine zomersalon.

Je hebt een telegram gekregen, zegt Daredjane tegen me, zonder omwegen.

Ik ga zitten. Een telegram kan alleen maar slecht nieuws betekenen.

Het komt uit de Verenigde Staten, gilt Daredjane. Denk je niet dat het van Tamaz is? Hij is de enige die je kent in de Verenigde Staten.

Hij is de enige die ik ken in de Verenigde Staten en ik heb net gehoord dat hij een zoon heeft gekregen.

Zal ik het je voorlezen? vraagt Daredjane opgewonden.

Ik zie haar al verwoed de omslag van het telegram openen. Ik roep: Nee, wacht. Ik denk na, wacht.

Ik heb geen keus, ik ben hier nog drie weken en ik zou nooit zo lang kunnen wachten. Ik wil weten wat er in het telegram staat. En bovendien, het is niet erg waarschijnlijk dat Tamaz me iets schrijft wat Daredjane niet mag lezen.

Goed, lees voor.

Ik hoor papiergeritsel en vervolgens niets, alleen haar ademhaling. Ik begin mijn nek te krabben en kan er niet meer mee ophouden. Een muggenbeet.

Nou?

Lieve, lieve, lieve Tamouna.

Drie keer lieve, of zeg jij het drie keer?

Nee, drie keer lieve, dat staat er, ik lees wat er staat, wees stil en luister.

Lieve, lieve, lieve Tamouna Stop Hoor nu pas het verschrikkelijke nieuws Stop Ik weet hoeveel jullie van elkaar hielden Stop Wat zal je haar missen Stop Wat heb ik jou gemist Stop Wat was ik graag bij je geweest Stop God zegene ons Georgië Stop Ik ben 13 september in Parijs Stop Tref je in de Jardin rond vier uur Stop Als het regent gaan we ergens schuilen Stop. Dat was alles.

Als het regent gaan we ergens schuilen? Ik lach. Ik schater het uit. Ik kan niet ophouden met lachen.

Hou op, je bent helemaal hysterisch, roept Daredjane in de telefoon. Wat is er tussen jou en Tamaz gebeurd?

Niets.

Als het regent gaan we ergens schuilen. Ze herhaalt het en begint ook te lachen. We leggen op zonder elkaar gedag te kunnen zeggen, zo erg moeten we lachen.

Als Nora zich bij me voegt in de kleine salon veeg ik de tranen weg die door de slappe lach over mijn wangen stromen.

Wat is er aan de hand? vraagt Nora.

Niets. Het was Daredjane, je weet hoe ze is, we hebben gelachen, vreselijk gelachen. Zomaar om niets.

Ze gaat op een fauteuil tegenover me zitten. Voor het eerst heb ik nagelaten haar iets belangrijks te vertellen. Dat stemt me bitter.

Ik voel dat ze me iets wil zeggen. Ik vraag: En hoe gaat met jou? Hoe staat het met je fotograaf?

Als je eens wist, antwoordt ze meteen, het is een explosie in alle betekenissen van het woord.

Dat zei je ook altijd als je het over jou en Pierre had.

Wat is er met jou? Doe je het erom? vraagt ze. Ik weet dat je een moeilijke periode doormaakt. Maar kun je niet blij zijn voor mij, naar me luisteren? Ik ben verliefd, ik heb zin om het uit te schreeuwen, tegen wie anders als tegen mijn beste vriendin?

Ja, je hebt gelijk, sorry, maar je bent ook altijd zo extreem! Dat vind je toch leuk aan mij, zegt ze. Of niet?

En dan is er nog iets, zeg ik. We vonden die man altijd pedant en zelfingenomen, en dat is hij, dat weet je, ik ben dus verbaasd.

Ik heb je net gezegd dat ik verliefd op hem ben, antwoordt ze bits.

Ze keert me de rug toe en kijkt uit het raam.

Je ergert je aan mij, zegt ze tegen me, ik zie best dat je je sinds een tijdje voortdurend aan me ergert. Sinds Thea's dood eigenlijk. Ik lijk op je zus, ik heb haar plaats niet ingenomen. Kan ik er iets aan doen dat ik op je zus lijk?

Hou je mond. Praat niet over Thea.

Waarom zou ik niet over Thea praten? Ik was ook goed met haar bevriend. We hadden het trouwens wel eens over jou, als je eens wist wat ze dacht van de manier waarop jij...

Hou je mond.

En je begrijpt niet dat je me kwetst door over hem te oordelen, zegt ze. We hebben ons vergist, dat is alles.

We zwijgen. Het is voor het eerst dat we ruzie hebben. Sinds wanneer kan ik niet meer tegen haar mateloosheid? Heeft dat echt iets met Thea te maken? Wat probeert ze me wijs te maken over mijn zus?

Ik vergeef je, zegt ze weer. Ik vergeef je omdat je ongelukkig bent, ik begrijp best dat je ongelukkig bent.

Wat begrijpt ze nu weer? Is haar blik zo scherp en ben ik zo blind? Wát vergeeft ze me? Ze heeft me niets te vergeven. Ik ben er voor haar, ik luister naar haar, al jarenlang. Ik zwijg even en zeg dan: Ik ben niet ongelukkig. Integendeel, een galerie is geïnteresseerd in mijn schetsen, ik ben eindelijk van mijn man af, ik heb een afspraak met Tamaz. Een wereld aan mogelijkheden gaat voor me open. Waarom zeg je dat ik ongelukkig ben? Zou je graag willen dat ik dat was? Als je het niet kan hebben dat ze mijn schetsen mooi vinden, had je ze niet moeten laten zien, dat is alles. Ik heb je niets gevraagd. Jij bent degene met de glansrol. Die betwist ik je niet.

Je bent gek geworden, roept ze uit. Fijn voor je dat je gelukkig bent, ik ben ook gelukkig, daar gaan we elkaar toch niet om uitschelden?

Ik wil geen ruzie met je maken.

Ik ook niet met jou.

Kom mee een kop thee drinken, zegt ze tegen me. Ze steekt haar arm door die van mij en voert me mee, haar parfum omhult me.

Niets kan ons scheiden. Ben ik daar op dat moment werkelijk van overtuigd?

Als we terug zijn in Parijs breekt de oorlog uit. De ontmoeting met de man van de galerie zal nooit plaatsvinden, ik vergeet mijn schetsen ergens in een hoek van ons huis – we noemen ons piepkleine optrekje graag 'ons huis'. Ik werk nog steeds voor de modehuizen maar onregelmatiger. Ik verscheur het schrift met brieven aan Tamaz. Zijn reis naar Europa zal niet doorgaan, hoor ik via Stanko. Een gemeenschappelijke vriend heeft hem een boodschap doorgegeven voor mij. Hij zendt me liefs, zegt dat ik goed voor mezelf moet zorgen. Hij hoopt me snel terug te zien. De familie van Nora is ongerust, Hitlers Duitsland vormt een bedreiging voor de joden. Veel Georgiërs nemen dienst in het vreemdelingenlegioen om Frankrijk te verdedigen, hun positie van staatlozen maakt dat ze niet tot het Franse leger kunnen toetreden. Sommigen gaan in het verzet, zoals Stanko en Gougou. Badri verbergt twee kleine joodse meisjes in le Vésinet. Ze blijven er één jaar en spelen met Nestane en Rézico. Er ontstaat een dilemma wanneer de Duitse Wehrmacht in juni 1941 de USSR binnenvalt. Gesteld voor de keuze tussen hun solidariteit met Frankrijk en de oude strijd tegen het tsaristische en vervolgens bolsjewistische Rusland, besluiten enkele Georgiërs het Duitse uniform te dragen en aan het Russische front te gaan vechten. Ik geef er de voorkeur aan te denken dat velen van hen alleen aan het Russische front met nazi's te maken hebben gehad. Dat zal ik allemaal pas veel later begrijpen. Tijdens de oorlog vechten Deda en ik om rantsoenbonnen te krijgen, we hebben honger, de kinderen hebben honger. Ik ben bang dat hun gezondheid eronder zal lijden. We maken kleren voor hen met alles wat we maar kunnen, de stoffen van slechte kwaliteit irriteren hen vaak. Nora en haar ouders vluchten naar het zuiden, naar de vrije zone waar ze maandenlang opeengepakt zitten in een kleine ruimte. Ik hoor niets meer van ze, ik maak me zorgen. Eka is zwanger.

Ik ben zwanger en het is oorlog, zegt ze tegen me, het arme kind, waarom zetten we kinderen op de wereld?

Hou op met je gejammer, zegt Daredjane, wat zouden onze levens op dit moment nog zijn zonder kinderen? Als er nog vrolijkheid in onze huizen is, is dat dankzij hen.

Ze heeft geen ongelijk.

De contacten met onze Georgische vrienden zijn intensiever dan ooit, we zien elkaar bij ons thuis rond de piano die Valiko ons heeft bezorgd. We hebben niet veel meer om op tafel te zetten maar we blijven voor elke willekeurige gelegenheid samenkomen. De man van Eka, een Georgische aristocraat, vindt dat mijn vader een vreselijke revolutionair is door wie Georgië in de Sovjet-Unie beland is. Bepaalde onderwerpen worden gemeden. Wij zijn het aan de vermisten en aan Georgië verplicht vrolijk te zijn, de oorlog zal dat niet in de weg staan. Ik ben me niet bewust van de wereld waarin het rommelt en die wankelt. Ik zal daarover altijd een onbestemd schuldgevoel houden.

De man van Eka komt haar bij ons thuis ophalen, hij heeft verlof, hij komt terug van het Russische front, hij draagt het Duitse uniform. We lopen met hen mee tot op de stoep, Deda en ik. De buren in het huisje dat tegen het onze aan is gebouwd houden ons in de gaten. We zijn hun onderzoekende blikken gewend en we zijn ons bewust van onze vreemdheid. Ik heb geprobeerd hen voor ons in te nemen, hen uit te nodigen zich bij ons te voegen als we te veel lawaai maakten. Ze zijn nooit ingegaan op mijn pogingen tot toenadering. Eka en haar man gaan weg, ze loopt langzaam, haar buik is gegroeid. De buren doen snel hun deuren dicht. Maar ik zie silhouetten achter de gordijnen. De ochtend die op deze scène volgt, kom ik op hetzelfde moment met de kinderen naar buiten als de buurvrouw. Ze werpt me een hatelijke blik toe die me doet verstijven, ik druk Rézico en Nestane tegen me aan. Ze loopt op me toe en spuugt op de grond, haar fluim landt op mijn schoen.

Verraders, zegt ze.

Ze fluisterde, dat is erger dan wanneer ze het had geschreeuwd.

De kinderen beginnen te huilen. Ik sleep ze mee weer naar binnen om bescherming te zoeken. Nestane en Rézico werpen zich in Deda's armen en vertellen haar wat er zojuist is gebeurd. Of wat ze ervan begrepen hebben. Ik blijf met mijn rug tegen de voordeur staan, starend naar mijn besmeurde schoen. Deda en ik praten er niet over.

Korte tijd later vertrekken we met de kinderen naar Normandië. Een Franse vriendin vond dat we er slecht uitzagen en heeft ons uitgenodigd. Ik herinner me de landschappen die aan het raam van de trein voorbijtrekken, de blije, tegen het raam aan gedrukte gezichten van de kinderen, een boerderij waar we eindeloos het kalfje en de koe bezoeken, en grote kruiken melk. Ik herinner me een weg vol klaprozen. En verder een grote weg waar we lopen terwijl boven ons de bommen vallen. Als er een vliegtuig aan de horizon verschijnt moeten Deda, de kinderen en ik een greppel in duiken. Rondom ons breekt paniek uit. Een kinderwagen is midden op de weg blijven staan, de baby huilt. Nestane ontsnapt aan mijn toezicht, klimt het talud op, rent naar de kinderwagen en neemt de baby in haar armen. Ze springt in de greppel, de baby tegen zich aangeklemd, precies op het moment dat het bombardement begint, we drukken ons in het hoge gras en tussen de distels plat tegen de grond. We komen er met krassen op onze armen en gezichten weer uit. Bij de bevrijding keren we terug naar Parijs en gaan de straat op, die door een euforische mensenmassa is overstroomd. Dan is er de stoet kaalgeschoren vrouwen. We zijn gechoqueerd en beseffen dat ons veel ontgaan is.

We zien Nora terug, we knopen de oude banden weer aan, ze lijkt weer het jonge meisje te zijn dat ik heb gekend. Haar fotograaf zit in het buitenland, ze is hem uit het oog verloren. We willen, zij evengoed als ik, de oorlog vergeten en leven. De markten gaan weer open, de kraampjes liggen weer vol fruit en groente. We vergeten de honger, de kou. Die verstrooide beelden vormen mijn oorlog. Een zeer kalme oorlog als je het vergelijkt met de rest van de wereld.

Vlak na de bevrijding ontmoet ik een man. Ik ben met Nora meegegaan naar een feestje. Raymond is grappig, gejaagd, ongekunsteld. We hebben een relatie die op hem lijkt, grappig en gejaagd. Ik nodig hem bij ons te eten uit, hij maakt Deda en de kinderen aan het lachen, maar ik wil niet dat hij blijft slapen. We gaan naar zijn huis. Ik voel me prettig in zijn vrijgezellenkamer op de bovenste verdieping waar elk meubelstuk, elk voorwerp me als iets zeer kostbaars voorkomt. Ik wandel rond door zijn kamer en neem de kleinste details in me op. Hij ligt met ontbloot bovenlijf op het bed, hij rookt, hij zegt: Kom. Ik vlij me tegen hem aan. Hij reikt me een sigaret aan. We roken, veel. Hij vraagt me ten huwelijk; ik barst in lachen uit.

Ik ben niet gescheiden, zeg ik.

Ga dan scheiden en trouw met mij, zegt hij. Ik zal voor je zorgen.

Wat hebben mannen toch voor een manie dat ze voor ons willen zorgen, en het vervolgens niet doen.

Hij lacht.

Je zou het niet volhouden, ik heb twee kinderen om voor te zorgen en een oude moeder die heel autoritair is.

Badri en ik scheiden uiteindelijk, maar ik trouw niet met hem, niet met hem en ook niet met een ander. Ik voel me beter zonder man.

Badri hertrouwt wel, met een vrouw aan wie Nestane en Rézico een hekel hebben. Ze krijgen drie kinderen. De bezoeken van de onze aan hun vader worden zeldzamer. Ze zijn nu groot en ik kan ze niet dwingen.

Ze staren ons aan alsof we vreemde wezens zijn, zegt Rézico.

Wie? vraagt Deda.

Zij, de kinderen, en hun moeder, ze kijken naar ons met eenzelfde verschrikte uitdrukking op hun gezicht en ze zeggen niets.

Praten jullie dan niet met ze? Jullie zijn toch broers en zussen.

Nee, zegt Nestane, we kennen elkaar niet.

Rézico staat op en kust ons gedag. Hij is het huis uit en woont in een studentenhuis. Zijn zus houdt hem tegen aan zijn arm.

Blijf nog even.

Nestane, laat hem, zegt Deda.

Rézico geeft haar een kus en duwt haar zachtjes van zich af.

Nestane loopt met hem mee naar de deur. Ze komt niet meteen terug, ze zoekt haar toevlucht in haar boom voor het raam, daar zit ze uren te lezen en uit te kijken naar een broer die zich niet meer voor zijn jongere zusje interesseert.

Zij zal het huis een paar jaar later verlaten om met Datho te trouwen. Ze sluit vriendschap met hem tijdens de Georgische danslessen. De tweede generatie heeft een dansgroep gevormd die tournees maakt door de provincie en optreedt in kleine zalen. Een keer zelfs in Parijs, in het Théâtre des Champs-Élysées. De mensen lijken de Georgische folklore op prijs te stellen. De ranke vrouwen glijden als zwanen over de vloer, de mannen in *tchora* met hun dolken voeren snelle pirouettes uit. Nestane neemt les bij Chota. Dat is een kleine elegante man, met een kaarsrechte rug. Met eindeloos geduld geeft hij les. De jaren zullen zijn uiterlijk niet veranderen. Hij draagt dezelfde versleten hoed, dezelfde afgedragen jas, met dezelfde waardigheid. Nestane draait urenlang rond, voert onder zijn oplettende blik de minutieuze passen uit waardoor die indruk van glijden ontstaat. Chota laat haar opnieuw beginnen. Steeds weer opnieuw. Datho kijkt naar haar, iets in haar volharding ontroert hem, hij wordt verliefd.

Bebia, vraagt Nestane aan mijn moeder, heb jij andere mannen leren kennen na de dood van je man? Je was zo mooi, ze verklaarden je vast massaal de liefde.

Deda schrikt op en laat haar broodje in haar koffie vallen.

Ik sla mijn ogen neer en wacht op haar antwoord.

Een paar, zegt ze blozend, maar het stelde niet veel voor.

Waarom, omdat je je de vrouw van één enkele man voelde? vraagt Nestane.

Nee. In mijn tijd trouwde je om het huis te verlaten, weet je.

Wát?

Ik heb van je vader gehouden, antwoordt ze me. Of ik hem heb gekozen weet ik niet.

En Babou en Bebia? Hadden die elkaar gekozen?

Ik weet het niet, over zulke dingen sprak je niet, zegt ze tegen me.

En die mannen, die paar, had je die gekozen?

Wat denk je? zegt ze tegen me, terwijl ze een trotse houding aanneemt.

Ik denk niets.

Jullie gaan toch geen ruziemaken, zegt Nestane lachend.

Tamaz is opnieuw in Parijs op 26 mei 1950. Zoals elk jaar viert de Georgische gemeenschap die voor haar historische dag. Hij heeft zijn zoon bij zich. Die lijkt niet op hem, hij is even blond als Tamaz donker is. Ik stel me de lichtharige vrouw voor met wie hij kennelijk is getrouwd. We zien elkaar al van ver. We vliegen bijna op elkaar af. We besluiten zonder het met zoveel woorden uit te spreken te vluchten naar een plek waar we alleen kunnen zijn. Tamaz stelt een restaurant voor. Ik neem hem mee naar huis. Geen moment realiseer ik me dat hij mijn initiatief kan opvatten als een verleidingspoging. Ik zet koffie voor hem. En ik geniet er enorm van hem in mijn dagelijkse omgeving te zien zitten. Ik geloof dat we banaliteiten uitwisselen. Wil hij suiker? Heb ik mijn haar veranderd? Ik ben ouder geworden, ik ben over de veertig, ik ben een huismoeder, gescheiden. Hij zegt er niets over. We hebben het niet over onze levens, van het belangrijkste of oppervlakkigste zijn we elk op de hoogte, de nieuwtjes die ons via de Georgische kolonie bij vlagen bereiken. We belanden in elkaars armen. Hij kust me, ik neem zijn hand en voer hem mee de trap op. We zijn in mijn kamer, hij legt me neer op het bed, hij drukt me tegen zich aan, hij streelt mijn gezicht, mijn schouders, mijn borsten. Ik raak licht zijn handen aan, zijn haren die dezelfde geur hebben als vroeger. Hij leunt met zijn elleboog op een lok van mijn haar. Het doet pijn. Ik verbijt me. Hij laat zijn hand onder mijn jurk glijden en begint mijn kousen los te maken. Hij ademt luid, of ik moet het zelf zijn. Mijn haarwrong raakt los. Ik duw hem van me af.

Ik kan het niet. We kunnen dit niet doen. Je bent getrouwd. Het is te laat.

Hij blijft onbeweeglijk liggen en zijn zware ademen stopt, er is alleen nog het bonken van mijn hart dat mijn borst beklemt. Ik lig op mijn rug, ik kijk naar de scheuren in het plafond boven ons. Hij gaat naast me liggen. Kijkt hij ook naar de barsten of heeft hij zijn ogen dicht? Hij gaat rechtop zitten, buigt over me heen, raakt me zacht aan met zijn lippen, met zijn hand. Ik kijk toe hoe hij het vertrek verlaat.

Ik was bang. Waarvoor? Ik weet het niet meer. Ik blijf achter met de spijt hem dat niet te hebben gezegd. Was hij ook bang?

Deda treft me een paar uur later aan, in dezelfde houding, als het donker is geworden. Ik doe alsof ik slaap. Ze denkt dat ik ziek ben, legt een plaid over me heen. Ik verroer me niet tot de volgende ochtend.

De volgende dagen ben ik vol woede. Een ingehouden woede, die me niet loslaat en onuitstaanbaar maakt. Niets kan me afleiden, niets maakt me aan het lachen, niets raakt me. Deda vraagt of ik meega om een boodschap te doen. Ik explodeer: Kan je dan niets zonder mij doen? Je zit me voortdurend op de lip. Leef eens een keer je eigen leven en laat mij het mijne leven. Je hebt het zo al wel voldoende verpest. En kijk me niet zo aan, zie je niet dat ik alleen wil zijn, zonder mijn oude moeder?

Ze trekt haar jas aan zonder een krimp te geven, wat me nog woedender maakt, en verlaat het huis met haar boodschappenmand. Als ze terugkomt is de mand vol. Ik ben tot bedaren gekomen. Ik help haar de boodschappen op te ruimen. Ik bied haar geen excuses aan.

De fotograaf keert terug en verleidt Nora opnieuw. Ze is niet meer dezelfde of ik ben het die verandert. Ze neemt het me kwalijk en ik neem het haar kwalijk. We raken elkaar kwijt. Ik weet niet meer wanneer of hoe.

Ons huisje en de huisjes rondom moeten worden gesloopt voor de bouw van een universitair centrum. We moeten ons nest verlaten, de grond zinkt weer weg onder onze voeten. Het roept een diepe angst bij ons op, die plaatsmaakt voor een vorm van onverschilligheid. Nestane en Datho laten zich bij ons huisvesten. We worden ondergebracht in twee tegenover elkaar gelegen goedkope flats, boven de bovengrondse metrolijn. De huren zijn heel laag. Het appartement van Nestane en Datho is op de negende etage. Dat van Deda en mij op de tweede. Vanaf ons balkon kunnen we naar hen gebaren en we hebben het geluk een paar bomen voor de ramen te hebben. Ik zal niet meer verhuizen.

Op de zondagen zien we familie en vrienden terug in La Toison d'or. Twee broers met wie wij samen zijn opgegroeid hebben dat Georgische restaurantje geopend. Op de dag dat het gesloten is wordt het restaurant het domein van velen van ons. Vooral van de mannen, die er komen voor turbulente partijtjes nardi. Als onze afstammelingen proberen hun vrienden kennis te laten maken met Georgië nemen ze hen mee naar La Toison d'or. Ze eten er typisch Georgische gerechten, ze spreken er Georgisch en geen Russisch, ze luisteren er naar meerstemmige liederen, ze drinken er wijn uit grote hoornen. Na twee uur te hebben doorgebracht tussen de gelambriseerde muren, volgehangen met foto's van de Kaukasus en met Georgische dolken, haalt niemand Georgiërs en Russen nog door elkaar. Velen stellen vooral de ontvangst door de twee broers op prijs, die altijd scheutig zijn met anekdotes, complimenten en met veel humor uitgebrachte toosten.

Salomé is mijn eerste kleindochter. Ik ben ontsteld. Ik ben niet de grootmoeder die Bebia was, en ook niet die Deda was voor mijn kinderen. Ik deel niet in het dagelijks leven van de baby. Dat vind ik jammer.

Nestane en Datho hebben een buitenhuisje gekocht, aan de rand van een veld. We brengen er zonovergoten dagen door. Deda in haar rolstoel, ik gezeten onder de bomen voor mijn schildersezel. Ik begin weer te schilderen. Het veld, de zonsondergangen aan de horizon zijn een onuitputtelijke bron van inspiratie. Als ik omkijk naar het samengeflanste huis dat lijkt op het huis van de drie beren in het verhaal over Goudhaartje, als ik de grote tafel zie die onder de bomen staat, het samenraapsel van stoelen, de familie eromheen, de rondrennende kinderen, moet ik denken aan een schip dat eindelijk is aangemeerd.

Ik stop met roken, ik ben kortademig, ik kom steeds minder van mijn plaats. Ik heb het gevoel alsof ik voor de rest van mijn leven genoeg heb aan het traject tussen het veld en het huis.

Op een ochtend struikelt Deda bij het opstaan. Ze breekt een heup. Een ambulance komt haar halen. Ik ga met haar mee. Nestane en Rézico, die meteen zijn gekomen, zien de brancard de wagen in gaan. Ze zwaaien. Deda antwoordt met een klein gracieus gebaar. Ik merk haar joligheid op en vraag me af wat ze grappig vindt aan de situatie. In het ziekenhuis wordt ze onder volledige narcose geopereerd, ze komt er niet meer bovenop. Ze slaapt langzaamaan in op haar witte bed. Het lukt haar nauwelijks onze vingers vast te houden, die een teken van leven van haar verlangen. Nestane zingt 'Souliko' voor haar, het wiegeliedje dat Bebia voor mij zong in mijn kinderjaren, en dat ik op mijn beurt voor haar heb gezongen, en Deda ook. *Souliko*, 'zieltje', verwijst naar Georgië. Ik huil niet. Nestane snikt, haar gesnik schept een afstand tussen ons. We begraven haar in Leuville, naast Thea. We hebben de graftombe weer geopend, ik zie de kist van Deda dalen, neerkomen op de aarde en zich bij die van haar dochter voegen. Ik krijg geen adem meer. Irakli laat me plaatsnemen op een ernaast gelegen grafzerk.

Maak je geen zorgen, zegt hij, de aarde is warm.

Die wonderlijke woorden kalmeren me. Ik krijg weer lucht.

Badri is met ons meegekomen. In de loop van de maaltijd na de plechtigheid deelt hij me mee dat hij terugkeert naar Georgië.

Pardon?

Ik denk dat ik het verkeerd heb begrepen. Niemand gaat meer naar Georgië, zij die de Franse nationaliteit hebben en een visum krijgen voor de USSR maken toeristische reizen, onder scherp toezicht van de Sovjets. Maar het is Badri ernst. Hij heeft zijn beslissing genomen, hij wil dat zijn drie andere kinderen daar opgroeien.

Maar papa, protesteert Rézico, met jouw naam, jouw verleden, als je de grens overgaat, zul je niet meer terug kunnen.

Badri is zich daarvan bewust, hij is er klaar voor. Ik ben bang voor de reactie van Nestane en Rézico. Hun vader is al in hun kindertijd bij hen weggegaan, maar ik weet niet zeker of ze zich in de steek gelaten hebben gevoeld.

Georgië terugzien. Ik heb er nooit over gedacht. Het idee verdeelt de kolonie. Sommigen, van de generatie van Rézico en Nestane, willen er graag heen, als toeristen. Dat verlangen ondervinden anderen als hoogverraad. Je gaat niet terug naar een communistisch land. De afkeuring voor wie gaan is scherp, en ze worden bij terugkomst genegeerd. Toch vertellen ze, ze laten films zien, foto's, ze zijn ontvangen als verloren kinderen, teruggekeerd in de familieschoot, ze zijn op de ene na de andere keipi onthaald. Het verloren paradijs, dat hun ouders niet losliet, stelt hen in hun recht. Ik kijk naar de foto's. Ik laat ze aan mijn kinderen zien. De lachende gezichten tegen de achtergrond van vertrouwde landschappen roepen niets bij me op. Apolitiek als ze zijn, eerbiedigen Nestane en Rézico simpelweg de voorouderlijke mythe en zij hoeden zich voor elke desillusie. Ze zullen niet naar Georgië gaan. Ze bewaren liever het beeld van een land dat lijkt op het mijne. Ik ben daar opgelucht over, ik had niet geweten wat ik met hun Georgië had gemoeten.

LICHT UIT, ZEGT Nestane.

Kom, kinderen, zegt Tsiala.

De kinderen stormen naar de keuken. Het is het moment waarnaar ze hebben uitgekeken. Ze vonden het lang duren. Iedereen fluistert nu. De dominee komt voorbij, wordt er gezegd.

Ik hoop dat jullie er niet het precieze aantal kaarsen op zetten, roept Gougou, anders ga ik even een dutje doen.

De lampen gaan uit. De taart verschijnt, gedragen door kleine handjes.

Negentig kaarsjes verspreiden een flakkerend licht op de muren en maken de gezichten spookachtig.

Lang zal ze leven...

Ze zingen. De stemmen raken van de wijs, in het Frans en daarna in het Georgisch. Ze blaast de kaarsjes uit, ze blazen voor haar, met haar. Ze applaudisseren. De lampen gaan weer aan, verblinden iedereen. Ze snijden de taart aan. Ze zingen, ze klappen in hun handen. Tariel, de zoon van Rézico, staat op en nodigt zijn tante uit. Hij en Nestane dansen de *lékouri* op de enige vrije vierkante meter van de kamer.

En Nora? vraagt Daredjane. Heb je haar gebeld?

Wie is Nora?

Dat was mijn vriendin.

Haar grote vriendin, zegt Stanko.

Is ze dood?

Nee.

Hebben jullie ruzie gehad?

We zijn uit elkaar gegroeid. Na de oorlog gingen we langzamerhand minder met elkaar om.

Ze was toch joods?

En wat dan nog?

Kwam het door de oorlog?

Nee, dat had er niets mee te maken.

Misschien beviel de houding van sommige Georgiërs haar niet? zegt Salomé.

Je weet niet waar je het over hebt, zegt Gougou.

In die tijd vonden ze dat je je bij het Duitse leger moest aansluiten, zegt Tsiala. Konden ze niet weten wat er gebeurde?

Dat moet je niet zeggen, zegt Daredjane. Het was om tegen de Russen te vechten. Uit een vaderlandslievend gevoel, uit trouw aan jezelf. Veel Georgiërs hebben het Duitse uniform gedragen.

Dat had niets met de nazi's te maken, zegt Eka. Mijn man hield zich bezig met de Georgische krijgsgevangenen, hij heeft veel voor ze gedaan.

Maar het was een nazileger.

Dat wisten ze niet.

Denk je dat dat mogelijk was, om dat niet te weten?

Sommigen hebben misschien inderdaad aan het Russische front gestreden, maar over anderen weten we misschien niet alles.

En Irakli, heeft hij ook in het Duitse leger gediend?

Hij heeft tegen de Russen gevochten, dat is alles. Er was geen keus, voor zijn familie sprak het vanzelf.

Er zijn er ook die ervoor hebben gekozen aan de kant van de Fransen te vechten, zoals jij, Stanko, of Gougou, dat is wat jullie hebben gedaan, toch?

De omstandigheden waren voor ons anders, zegt Stanko, wij...

De tafel trilt, glazen breken. Gougou staat op.

Ik wil er niets meer over horen.

Hij gaat woest tekeer om zijn wandelstok terug te krijgen. Zijn gezicht is rood aangelopen.

Gougou, rustig aan.

Ze staan op om hem te dwingen weer te gaan zitten. Hier en daar barst gelach los.

Het is niet grappig, zegt Salomé.

Toch heeft het wel iets komisch, te zien hoe dat dikke kromme mannetje zich in alle bochten wringt van woede.

Omdat hij niet weg kan vanachter de tafel gaat hij ten slotte weer op zijn plaats zitten. De gesprekken worden hervat. Rézico begint te zingen. Andere stemmen voegen zich bij de zijne. Gougou pakt zijn stok en houdt hem zo stevig vast dat ze zijn aderen kan zien opzwellen. Ze legt haar hand op de zijne. Hij tilt zijn gesloten vuist op om zich ervan te ontdoen en legt die vervolgens weer op tafel, ontspant zich.

Niemand van ons heeft zich iets te verwijten, zegt Daredjane tegen haar broer. Ik begrijp niet waarom je zo'n scène maakt. Je kunt de kinderen niet beletten zich dingen af te vragen, dat is hun goed recht.

Ze geeft Daredjane een teken dat ze haar mond moet houden. Voor één keer gehoorzaamt haar nicht.

BADRI VERDWIJNT JARENLANG uit ons leven, we hebben geen contact meer, de brieven worden schaars, als ze ons bereiken zijn ze geopend en waarschijnlijk gecensureerd. Voor de paar telefoontjes geldt hetzelfde. De korte, onsamenhangende gesprekken laten Nestane en Rézico gefrustreerd en ongerust achter. Was Badri zich ervan bewust dat hij zo ver wegging? Heeft hij zijn Georgië teruggevonden in dat van de rest van de wereld afgesneden land?

Als hij terugkomt, na tien jaar USSR – hij heeft gevochten om terug te keren door zich te beroepen op zijn drie in Frankrijk geboren kinderen –, zal hij zeggen dat het fantastische jaren waren. De materiële omstandigheden zijn in Georgië minder slecht dan in de rest van de USSR. De agrarische situatie, het klimaat, de tradities maken het land vriendelijker voor zijn inwoners. Desondanks zet zijn gezin grote ogen op bij het zien van de overvloedige etalages.

Hun koffers stinken naar de Sovjet-Unie, zeggen de kinderen van Nestane en Rézico.

Dat is hun benaming voor de typische, hardnekkige geurmengeling van Sovjet-Russische sigaretten, zeep en parfums.

Tijdens Badri's afwezigheid besluiten Nestane en Rézico

kennis te maken met hun grootvader. Ze weten dat hij elke dag naar hetzelfde café-restaurant op de place Victor Hugo gaat. Op een ochtend wachten ze hem op. Ze herkennen hem meteen. De zwaarlijvige, al bejaarde man heeft een rechte houding, draagt een snor en heeft nog al zijn haren. Hij ziet er niet erg vriendelijk uit, hij bestelt een pilsje zonder de ober aan te kijken en verdiept zich in een krant. Zijn kleinkinderen kijken naar hem maar durven hem niet aan te spreken. Ze bestellen iets te eten, ze laten hem twee uur later weer gaan zonder een stap in zijn richting te hebben gezet. Ze houden hun vragen voor zich en volstaan met het herlezen van zijn boeken, van twijfelachtige literaire waarde maar vol anekdotes over zijn jeugd met Stalin, zijn terroristische en revolutionaire daden, zijn vlucht naar Frankrijk, ver van de politie van de tsaar, en zijn betrekkingen met Marthe Richard in de Franse geheime dienst. Ze zullen er nooit achter komen wie de man was.

Ik woon voortaan alleen maar ik heb een grote kring van mensen rondom me. Nestane en Datho wonen tegenover me. Rézico is nog in Parijs, hij heeft Hélène ontmoet, die de moeder zal worden van Tariel en Tsiala. Mijn appartement leent zich voor familiebijeenkomsten. Eka, Daredjane, Irakli en Gougou komen er vaak met hun gezinnen.

Soms ga ik het weekend de stad uit. Ik kan nog goed reizen en normaal ademhalen. Maar ik loop weinig, waarschijnlijk omdat ik de ziekte al ergens verborgen met me meedraag. We lunchen onder de bomen, we hebben de tafel buitengezet, het is een mooie vroege zomerdag. Ik zit gebukt onder de tafel, ik zoek een naald die Nestane zojuist heeft laten vallen, ik leg de laatste hand aan een badpak waar ze me dringend om heeft gevraagd. Het is warm. Ik draag een jurk met bloemen. Nestane een broek met soulpijpen en een Indiase bloes. Ze is onlangs bevallen.

Daar heb je ze, zegt Nestane.

Vanonder de tafel zie ik van een afstand Gougou en zijn vrouw, Daredjane en Stanko, Eka en haar man, Chota, Valiko en Tamaz aankomen. Ik sta met een ruk op en stoot mijn kop tegen de tafel. Het is een keiharde klap.

Ze moet ijsblokjes hebben.

Wat spookte ze daar uit onder die tafel?

Ja, inderdaad, wat spookte ze daar uit onder die tafel? herhaalt de stem van Tamaz.

Ik leg mijn hand op mijn voorhoofd en kijk naar hem tussen mijn vingers door. Zijn geamuseerde blik kruist de mijne. Ik glimlach naar hem. De pijn bonkt in mijn slaap.

Hij heeft grijzende haren. Hij heeft nog hetzelfde figuur, hetzelfde gezicht. Ik kijk omlaag, kijk naar mijn witte benen, mijn blote voeten in mijn sandalen, mijn gelakte nagels. De lunch begint 's middags en duurt eindeloos, tot het vallen van de nacht. Ik hoor Tamaz voor het eerst zingen. Voor het eerst delen we een maaltijd. Hij zit naast mij, hij raakt me vaak lichtjes aan. Ik bloos, de hitte voorziet me van een excuus.

Je hebt een bult, zegt hij terwijl hij zijn hand op mijn voorhoofd legt.

Niemand merkt mijn verlegenheid op. Hoop ik.

We keren terug naar Parijs. Tamaz en ik zitten achter in de auto van Gougou en Colette. Onze handen liggen braaf naast elkaar op het midden van de bank. Ze wachten tot ze elkaar kunnen vastpakken. We wachten. Hij neemt me mee. Ik volg hem naar zijn hotelkamer. Ik heb hoofdpijn, hij legt een koel washandje op mijn slaap en drukt een kus op mijn bult. Elke kus, elke liefkozing doet me pijn. Zijn lichaam ligt zwaar op het mijne. Ik sta niet toe dat hij me uitkleedt. Maar ik omstrengel hem met mijn benen, klem hem vast zodat hij niet meer kan bewegen. We bedrijven de liefde, drie dagen en nachten lang. De enige verbinding met de buitenwereld is de telefoon om de kinderen gerust te stellen. Ik wend een verkoudheid voor om geen bezoek te krijgen. Nestane, die de sleutel van mijn huis heeft, is in haar buitenhuisje gebleven. Het loopt allemaal goed. We liggen naakt op het bed, hij laat zijn handen over mijn lichaam dwalen, liefkoost me langdurig. Ik ben niet meer bang voor zijn blikken. Ik zeg iets onzinnigs: Ik wou dat je me had gehad toen ik jong was.

Ik heb je gekend toen je jong was, zegt hij.

Hij brengt zijn hoofd tussen mijn benen en doet zijn ogen dicht. Ik streel zijn haren.

Hij vertelt over Amerika, over de huizen die hij ontwerpt. Hij heeft kortgeleden een vrouw ontmoet, ze verwacht een kind van hem. Ik luister naar hem, niets kan mijn humeur bederven. Onze hoofden rusten op hetzelfde kussen, ik kijk naar de lucht boven de daken. In die strook lucht is een stukje eeuwigheid.

Jij was er en je zult er altijd zijn, zegt hij, ik voel me niet schuldig tegenover haar. Maar ik moet terug.

Ik berust erin. Hij keert terug naar Amerika.

Korte tijd daarna moet ik stoppen met werken. Toch heb ik nog lang niet de pensioengerechtigde leeftijd bereikt. Nestane en Rézico zullen me financieel bijstaan. Ik ben kortademig. Ze leggen me 's nachts aan een apparaat, ik ben ervan afhankelijk voor mijn overleven. Ik doe steeds minder. Op een dag zie ik zonder het te weten – en dat is vast maar beter ook – het veld en het huis voor het laatst. Ik stop met schilderen, de verfproducten irriteren mijn longen. Ik teken nog een beetje en daarna geef ik het op. Ik brei, ik naai voor de meisjes. Ik kom niet meer buiten, ik kijk naar de lucht, voor eeuwig.

Het is niet gezond al zo jong de liefde niet meer te bedrijven, zegt Daredjane.

We drinken op een winterdag thee aan mijn tafel.

Waarom niet? zegt Eka. Vijfenvijftig, dat is niet zo jong.

Ze weten niet wie mijn laatste minnaar was, maar ze hebben zojuist begrepen dat ik sinds die tijd niet meer de liefde heb bedreven.

En jullie, oude vrouwen, bedrijven jullie nog de liefde?

Ze proesten het uit.

Na ons tachtigste, ben je gek? zegt Daredjane. Ik weet niet eens zeker of Stanko het nog zou kunnen. Ik ben blij toe, trouwens, heb ik eindelijk rust.

Wij bedreven nog de liefde, voor Othars dood, zegt Eka.

Die informatie had je me kunnen besparen, zegt Daredjane. Het idee van jullie twee oud geworden lichamen. Een beetje respect.

Irakli en Gougou generen zich ook niet. Waarom kan dat dan wel?

Irakli en Gougou, zegt Daredjane. Wat weet jij daar nu van? Mannen hebben een hoop praatjes, maar op hun leeftijd zullen ze wel niet erg vurig meer zijn.

De telefoon gaat, we schrikken op alsof we ergens op worden betrapt. We zijn net drie heksen.

Zet de tv aan, roept Nestane door de telefoon.

Waarom? Ik zit thee te drinken met Daredjane en Eka.

Zet de tv aan.

We gehoorzamen. We realiseren ons niet meteen wat er op het scherm gebeurt. We herkennen Rostropovitsj die cello speelt, gezeten op een stoel. De Berlijnse Muur is gevallen, de beelden worden aldoor herhaald.

Wat wil dat zeggen? vraagt Eka.

We begrijpen geleidelijk aan wat dat betekent. Nestane is aan de andere kant van de lijn maar we praten niet.

Het is afgelopen, zegt Nestane na een poos. Het is afgelopen. De communistische wereld is dood.

Verder zeggen we niets meer. Ik durf mijn nichten niet aan te kijken. Een traan rolt over mijn wang, ik slik hem in om hem voor ze te verbergen.

De telefoon gaat weer. Het is Rézico. Ik verman me.

We hebben het gezien, zeg ik tegen hem.

Vanaf die dag, tot de komst van Gorbatsjov en de ontbinding van de Sovjet-Unie, leren de Georgiërs stukje bij beetje uit de clandestiniteit te treden. Georgië wordt een vrij land. Je kunt komen en gaan, telefoneren, schrijven. Gewoon schrijven zonder censuur.

Andere Georgiërs zullen naar Frankrijk komen, we zijn geen curiositeiten meer. Gougou zal de reis maken. Bij zijn terugkeer zal ik hem niet vragen wat hij daarginds heeft gezocht, en ook niet of hij het heeft gevonden.

HET FEEST IS afgelopen. Ze is weer in haar fauteuil gaan zitten, heeft haar zuurstofmasker weer op. De ramen worden opengezet, om haar heen ruimen ze op. Ze hoort de afwasgeluiden, de stemmen die uit de keuken komen. Ze weet dat ze de beste momenten mist, die van na het feest, het napraten over de avond, de commentaren. De restjes die worden gedeeld en opgepeuzeld, en die nu pas echt worden gewaardeerd. Tamaz is niet gekomen. Het lukt haar niet te bespeuren wat ze voelt. Een diepe vermoeidheid heeft bezit van haar genomen. De telefoon gaat. Het is bijna één uur in de nacht.

Gefeliciteerd met je verjaardag, zegt Nora.

Nora? Ben jij het echt?

Ik ben het.

Ik heb veel aan je gedacht, zegt ze.

Dat is niet gelogen.

Ik ook aan jou, antwoordt Nora.

Er valt een verlegen stilte.

Als we een dezer dagen eens samen een kopje thee zouden drinken? vraagt Nora.

Ze heeft dit voorstel vaak afgeslagen. Nu heeft ze er zin in, theedrinken met Nora.

Goed.

We gaan, roepen ze achter haar. Tot ziens, Tamouna.

Ze kussen haar, ze zwaait. De deur slaat dicht.

Waren jullie allemaal samen? De hele familie? zegt Nora. Dat dacht ik wel. Ik heb jullie zo gemist.

Ze hebben haar ook gemist. Ze zegt het niet. Wat heeft het voor zin? De Nora die ze heeft gemist is jaren geleden verdwenen.

Tot ziens dan, ik zal je bellen, zegt Nora.

Wacht niet te lang, we hebben niet meer alle tijd.

Nee, zegt Nora.

Ze hangen op.

Wie belt je nu nog op dit uur? vraagt Nestane.

Ze liegt.

Daredjane.

Haar dochter inspecteert de kamer. Alles staat weer op zijn plek.

Ik ga, heb je me nog nodig om naar bed te gaan? vraagt Nestane.

Natuurlijk niet.

Nestane sluit de gordijnen, doet op één na alle lampen uit.

Ik red me wel, zegt ze.

Tot morgen dan, mama.

Tot morgen.

Terwijl de deur al weer dichtvalt, fluistert ze: Dank je wel, genatsvale. Snel staat ze op en doet de laatste lamp in de woonkamer uit. Ze haalt de make-up van haar gezicht, kleedt zich uit, trekt haar nachthemd aan, schakelt het apparaat in en kruipt na het zuurstofmasker te hebben opgezet in bed.

Ze strekt zich uit en sluit haar ogen in het duister als de deurbel gaat. Zuchtend komt ze weer overeind. Nestane zal haar sleutels wel vergeten zijn. Ze zet het zuurstofmasker af en staat weer op. Terwijl ze door de gang loopt weet ze het weer. Nestane had haar sleutel in haar hand toen ze vertrok.

Voor de deur vraagt ze: Wie is daar?

Ik ben het, Tamaz. Verwacht je iemand anders?

Woede komt in haar op.

Heb je gezien hoe laat het is? Ik lig in bed.

Doe open, halvegare, zegt Tamaz. Ik heb een goede fles wijn bij me.

In deze uitdossing kan ze niet opendoen. Ze stelt vast hoe belachelijk de situatie is.

Nou? Wat voer je daar uit? zegt hij.

Het geluid van zijn stem belet haar na te denken. Ze doet open. Wat had ze anders kunnen doen? En wat maakt het opeens uit? Ze staan tegenover elkaar, allebei even verrast. Hij met een zwarte hoed, een jas in dezelfde kleur, heel elegant. Zij in haar nachthemd. Hij neemt zijn hoed af. Het beetje haar dat hij nog heeft is bruin.

Je bent oud, zegt zij.

Ja, jij ook.

Hij komt binnen. Ze doet weer een lamp aan en gaat hem voor naar de woonkamer. Ze neemt haar plaats aan de tafel weer in. Hij gaat tegenover haar zitten.

Je verft je haar, zegt ze.

Jij ook.

Ze staren elkaar aan en houden hun lachen in.

Je bent heel mooi, zegt hij, je bent een mooie oude dame, ik wist wel dat je dat zou zijn.

Ze verdraagt zijn blik niet. Ze voelt zich zenuwachtig. Hij is ook nog steeds mooi.

Kom, laten we de fles opentrekken.

Ze wijst hem waar hij in de keuken de glazen kan vinden. Hij opent de fles, ze klinken.

Gaumarjos!

Ze is kortademig. Ziet hij het?

Het is twee uur in de ochtend, zegt ze.

Hij trekt zijn wenkbrauwen op.

Je verft ook je wenkbrauwen.

Ditmaal lachen ze.

Nou, vertel eens, zegt hij.

Wat moet ik je vertellen?

Ik weet niet.

Hij vult opnieuw hun glazen.

Op Georgië en op jou, de liefde van mijn leven, zegt hij.

Ze krijgt een kleur, voelt ze.

Kraam geen onzin uit.

Hij loopt om de tafel heen en gaat op de stoel naast haar zitten. Hij legt zijn hand op die van haar.

Ze denkt alleen maar aan zijn hand, die de hare vastklemt. Aan zijn handpalm op haar huid. Ze verwondert zich over het absurde van de situatie.

Waarom nu? Ik ben een oude vrouw.

Hij antwoordt niet, sluit zijn vingers om de hare. Haar hart begint sneller te kloppen.

Ze blijven in stilte zo zitten, hand in hand.

We zouden moeten gaan slapen, zegt ze nog eens.

Ja.

Hij staat op zonder zijn ogen van haar af te wenden. Hij lijkt de slappe lach nabij.

Wat is er zo grappig?

Ik ben blij je te zien.

Hij slaat zijn armen om haar heen, drukt haar tegen zich aan, tilt haar op. Zijn lippen beroeren de hare. Of toch niet. Ze verbeeldt het zich.

Je bent gek.

Ze reikt hem zijn jas aan. Hij aarzelt en trekt hem dan aan. Op het moment dat hij haar verlaat pakt ze zijn hand, omklemt hem, legt hem tegen haar wang voor ze de deur weer achter hem sluit.

Ze zet het apparaat aan, gaat weer liggen, doet het bedlampje uit. Een stekende pijn vlijmt door haar borst. Hij zal wel een van haar ribben hebben gebroken toen hij haar zo stevig omarmde. De pijn beneemt haar de adem. Het zuurstofapparaat biedt haar geen enkel soelaas. Pacha springt op het bed, ze onderdrukt een kreet. Hij rolt zich op tot een bol. Ze beweegt zich niet meer, de pijn lijkt af te nemen. Pacha spint. Ze is niet in staat haar hand uit te strekken om hem te aaien. De vertrouwde schimmen vullen de duisternis. Met haar ogen open denkt ze aan Tamaz. Ze heeft zo vaak aan hem gedacht, het is alsof ze haar leven met hem heeft gedeeld. Dat is wat hij haar heeft willen zeggen. Ze begrijpt het nu. Hij is gekomen. Hij heeft van haar gehouden en is dat altijd blijven doen. Ze denkt niet meer. Haar ogen sluiten zich. Ze haalt adem. Haar ademhaling neemt alle ruimte in.